체수유병집

글밭의 이삭줍기

체수유병집 - 글밭의 이삭줍기

1판 1쇄 발행 2019. 1. 1.
1판 2쇄 발행 2019. 1. 2.

지은이 정민

발행인 고세규
편집 임지숙 | 디자인 이경희

발행처 김영사
등록 1979년 5월 17일(제406-2003-036호)
주소 경기도 파주시 문발로 197(문발동) 우편번호 413-120
전화 마케팅부 031)955-3100, 편집부 031)955-3200 | 팩스 031)955-3111

값은 뒤표지에 있습니다.
ISBN 978-89-349-8471-9 04810
978-89-349-8477-1 (세트)

홈페이지 www.gimmyoung.com 블로그 blog.naver.com/gybook
페이스북 facebook.com/gybooks 이메일 bestbook@gimmyoung.com

좋은 독자가 좋은 책을 만듭니다.
김영사는 독자 여러분의 의견에 항상 귀 기울이고 있습니다.

이 도서의 국립중앙도서관 출판시도서목록(CIP)은 서지정보유통지원시스템 홈페이지
(http://seoji.nl.go.kr)와 국가자료공동목록시스템(http://www.nl.go.kr/kolisnet)에서
이용하실 수 있습니다.(CIP제어번호 : CIP2018042084)

정민
산문집
1

체수유병집
글밭의 이삭줍기

滯穗遺秉集

김영사

서문

《시경》〈대전大田〉에 "저기에도 남은 볏단이 있고, 여기에도 흘린 이삭이 있다[彼有遺秉, 此有滯穗]"는 구절이 보인다. 추수 끝난 들판에 여기저기 떨군 볏단과 흘린 이삭이 남았다. 책 제목 '체수유병집滯穗遺秉集'은 이 구절에서 따왔다. 지난 10여 년간 요청에 따라 쓴 글들을 모았다. 정색을 하고 쓴 글은 아니나, 한 편의 글마다 그 시절의 표정과 한때의 생각이 담겨 있다.

글의 성격에 따라 4부로 나눴다. 제1부 '문화의 안목'은 삶의 단상과 문화에 대한 생각을 적었다. 제2부 '연암과 다산'은 내가 사랑하는 두 지성에 대해 가볍게 쓴 글을 한자리에 모았다. 연암은 사유의 힘으로 사람을 압도하고, 다산은 방법의 사유로 문제를 풀어준다. 제3부 '옛 뜻 새 정'은 옛일로 지금을 비춰본 짧은 글 모음이다. 제4부 '맥락을 찾아서'는 변화의 시대, 인문학의 쓸모와 공부의 방법에 대해 쓴 조금 긴 호흡의 글들이다.

다산은 보름에 한 번은 책상을 정리하라고 했고, 연암은 젊은 날에 쓴 메모 쪽지를 냇물에 흘려 지웠다. 이제껏 하고 싶은 공부 실컷 하며 즐겁게 지냈다. 문득 돌아보니 책상은 엉망이고, 책 꽂이는 정신이 없다. 한 번씩 치우고 버리고 정돈해야 정신이 든다. 글을 한자리에 모아 묶는 것에는 이 뜻도 있다. 그때그때 쓴 글이지만 모으고 보니, 평소에 못 느끼던 흐름이 얼핏 보인다.

나는 누구인가? 여기는 어디인가? 어디로 가는가? 이 물음을 들고, 앞으로도 질문의 경로를 바꾸는 학자로 살아가고 싶다. 김영사에서 이 책을 펴내게 되어 기쁘다.

2019년 새 아침

행당서실에서

정민

차례

제3부

옛 뜻 새 정

제4부

맥락을 찾아서

문화의 안목

제 1 부

섬광처럼
번쩍하는 순간

책을 통해 참 많은 사람과 만난다. 쓸 때의 가쁜 호흡이 생생하게 느껴지는 글이 있다. 이런 글을 읽으면 내 숨도 읽다가 같이 가빠진다. 읽다 말고 책 앞날개에 있는 저자의 사진을 한 번 더 들여다본다. 가슴이 벅차서 읽던 책을 덮고 거실이나 연구실을 서성이기도 한다. 하지만 독서에서 이런 행복한 순간은 아주 가끔, 느닷없이 찾아왔다가 흔적 없이 사라져버린다.

앤 패디먼의 《서재 결혼 시키기》나 알베르토 망구엘의 《독서의 역사》 같은 책에는 여백 여기저기에 이런저런 메모들이 즐비하다. 서양 사람들이 쓴 그들의 독서법과 역사를 읽고 있자면, 그와 꼭 같거나 더 재미있는 우리 쪽 이야기들이 내 기억 속을 헤집고 나와 자기도 글로 써달라고 아우성을 친다. 책갈피의 메모들은 모두 책 속의 예화에 견줄 만한 우리 쪽의 생생한 예시들이다. 그래, 이런 에피소드를 모아 이렇게 정리하면 좋겠군. 질문을 바꾸니까 이전에 대수롭지 않게 여겼던 것들이 갑자기 반짝반짝 빛나는 보석이 된다.

《에도시대의 여행문화》를 읽는데, 당시 일본인의 여행문화는 떠오르지 않고, 그 시기 조선의 여행문화가 자꾸 겹쳐졌다. 그래서 책을 덮자마자 조선의 여행문화에 대한 메모를 작성해서 단숨에 목차까지 마무리 지어버렸다. 그다음부터는 여행과 관련된 책을 읽으면 그때 만들어둔 목차의 어디쯤에 해당할까 하는 궁리가 하나 더 늘었다.

논문의 착상도 다른 분야의 책을 읽다가 떠올리는 수가 더 많다. 서양 학자가 회화의 도상을 설명한 책을 읽다가 우리 옛 그림의 도상 읽기를 구상한다. 방법을 빌려와도 콘텐츠가 다르니, 결과는 같을 수가 없다. 남의 책을 읽다 말고 내 책을 떠올리고, 이 생각을 하다가 저 궁리와 만나는 일이 내 독서의 가장 큰 즐거움이다.

결과는 완전히 다르지만 착상과 알맹이는 온전히 거기서 나왔다. 분야가 다르고 문화가 다를수록 경이의 폭은 더 커진다. 왜 진작 이런 생각을 하지 못했을까? 맨날 거기서 거기인 말 바꾸기가 갑자기 견딜 수 없어진다. 이럴 때 독서는 기성의 전복이요 일상의 해체다. 섬광처럼 번쩍하는 순간에 모든 것이 달라진다. 세상에 독서 말고 다른 어떤 것이 이런 깨달음을 주겠는가?

책 한 권을 읽는 시간은 그리 오래지 않다. 어떤 책은 몇 장만 읽어도 글쓴이의 수준이 훤히 드러나 보여 더 이상 읽어줄 수가 없다. 젠체하는 교만으로 가득 찬 글일수록 읽기가 역겹다. 알맹이 없는 글은 10분 만에도 한 권을 다 읽어치울 수가 있다. 좋은 책, 묵직한 책은 그렇지 않다. 목차를 한참 들여다보고, 서문을 찬찬히 음미한 뒤에, 앞에서부터 읽지 않고 중간중간 건너뛰며 읽는다. 읽다가 빨려들면 그제야 처음부터 다시 거슬러 올라와도 늦지 않다. 밑줄이 그어지고 여백에 메모가 많은 책일수록 신뢰가 간다. 어느 한 부분에 집중적으로 손때가 묻은 책을 나는 특별히 사랑한다.

책만 책이 아니다. 독서는 문자를 빠져나와 세상이라는 텍스트를 읽을 때 가장 위력적이다. 삶의 행간을 읽고, 드러나지 않는 질서를 읽을 때 독서는 비로소 완성의 단계에 진입한다. 남들이 같이 보면서도 못 보는 것들이 내게 보이기 시작한다. 어제까지 아무 의미도 없던 것들이 내 삶 속으로 걸어들어와 간섭하기 시작한다. 수많은 독서는 사실 이 단계에 진입하기 위한 연습 과정일 뿐이다. 더 많이 읽고, 더 많이 생각해서, 더 툭 트인 사람이 되는 것, 이것이 내 평생 독서의 지침이요 목표다.

공부하지 않은 날은
살지 않은 것과 같다

사람이 오늘이 있음을 알지 못하게 되면서 세상의 도리가 잘못되게 되었다. 어제는 이미 지나갔고 내일은 아직 오지 않았다. 하는 바가 있으려면 다만 오늘에 달렸을 뿐이다. 이미 지나간 것은 돌이킬 수가 없고, 아직 오지 않은 것은 비록 3만 6천 날이 잇달아 온다고 해도 그날에는 각각 그날 마땅히 해야 할 일이 있어 실로 이튿날에 미칠 만한 여력이 없다. 참 이상하다. 저 한가로움이라는 말은 경전에 실려 있지 않고 성인께서 말씀하지도 않았건만 이를 핑계대고 날을 허비하는 자들이 있다. 공부는 오직 오늘에 달린 것이어서 내일에 대해서는 말하지 않는다. 아! 공부하지 않은 날은 살지 않은 것과 한가지니 공친 날이다. 그대는 모름지기 눈앞에 환한 이 날을 공친 날로 만들지 말고 오늘로 만들어야 한다.

이용휴李用休(1708~1782)가 〈당일헌기當日軒記〉에서 한 말이다. 눈앞의 오늘이 중요하다. 가버린 어제에 집착해 오늘을 탕진하고, 오지 않은 내일을 꿈꾸느라 오늘을 흘려보낸다. 하루는 긴데 1년은 잠깐이다. 하루하루가 쌓여 1년이 되고 고금이 되는 이치를 자주 잊고 산다.

이덕무李德懋(1741~1793)는 이렇게 말했다. "하나의 고금은 큰 순식간이요, 하나의 순식간은 작은 고금이다. 순식간이 쌓여서 어느새 고금이 된다. 또 어제와 오늘, 내일이 만 번 억 번 갈마들어 끝없이 새로운 것을 만들어내니 이 가운데 나서 이 속에서 죽는다. 그런 까닭에 군자는 사흘을 염두에 둔다."

홍양호洪良浩(1724~1802)는 〈계고당기稽古堂記〉에서 말한다.

옛날은 당시의 지금이고, 지금은 후세의 옛날이다. 옛날이 옛날인 것은 연대만 가지고 하는 말이 아니다. 대개 말로는 전할 수 없는 무엇이 있다. 만약 옛것만 귀하다 하면서 지금을 우습게 보는 것은 도리를 아는 말이 아니다.

차곡차곡 쌓인 순식간이 역사가 된다. 고금은 현재가 포개져서 이루어진 시간이다. 옛날과 지금과 미래는 맞물려 돌아간다.

옛것이 귀한 것은 그때의 지금이었기 때문이다. 내가 오늘을 열심히 살면 후세는 그것을 간직할 만한 옛날이라 부를 것이다. 세 분이 모두 같은 말을 다르게 했다.

지난 몇 해 동안 《우리 한시 삼백수》(7언절구 편 · 5언절구 편) 두 권과 《우리 선시 삼백수》 한 권을 펴냈다. 10여 년 전 날마다 아침 일과를 시작하기 전에 한시 한 수씩을 읽었다. 평소 책을 보다가 마음에 와닿는 시를 표시해두었다가 하나하나 감상했다. 시기를 따지지 않고 좋은 시만 가려뽑았다. 홈페이지에 그 감상을 날마다 하나씩 올렸다. 파일 하나를 따로 만들어 매일 읽은 시를 작가 연대순으로 차곡차곡 모았다.

먼저 7언절구를 읽었다. 1년 반쯤 지나자 300수가량의 한시가 연대순으로 모였다. 주욱 읽으니 놀랍게도 우리 한시사의 흐름이 주마등처럼 한눈에 지나갔다. 시대의 표정이 또렷했다. 5언절구로 또 1년 반쯤 읽었다. 300수를 더 모았다. 이어서 다시 선승들의 선시 300수를 더 감상했다. 잊어버리고 모았더니 모두 900수의 큰 산이 되었다.

그간 이런 방식의 작업을 참 많이 했다. 《다산어록청상》과 《성대중 처세어록》, 《죽비소리》, 《한밤중에 잠깨어》, 《오직 독서뿐》 같은 책들은 이면지를 절반 잘라 항목별로 원문을 오려붙여 가방 속에 넣고 다니며 전철에서 주로 해석을 쓰고 평설을 달았다. 집에서는 소파에 앉아 쉴 때나 화장실에 앉아서도 썼다. 해석과 평설이 끝난 종이는 따로 갈무리해두고 새 종이를 그만큼 채워서 늘 가방에 넣고 다녔다. 한동안 잊어버리고 작업하다 보면 어느새 책 한 권 분량이 되어 있곤 했다.

《한시미학산책》과 《비슷한 것은 가짜다》는 《현대시학》에 연재해서 묶었다. 《다산선생 지식경영법》은 2005년 프린스턴에서 연구년을 보낼 때 매주 한 꼭지씩 작정을 하고 홈페이지에 올렸던 글을 모았다. 《삶을 바꾼 만남》과 《18세기 한중 지식인의 문예공화국》은 두 차례에 걸쳐 1년 가까이 문학동네 카페에 연재한 글모음이다. 《다산 증언첩》도 같은 방식으로 네이버에 연재해서 정리한 것을 묶었다. 매주 50~60매씩 썼다. 분량이 만만치 않았지만, 작은 것이 모여 큰 산을 이룬다던 선인의 가르침을 믿고서 밀고 나갔다.

2012년 8월부터 2013년 7월까지 하버드 옌칭연구소의 초청을 받아 그곳에 1년간 머물 기회를 가졌다. 그곳 도서관에서 뜻밖에 경성제대 교수이자 추사 연구자였던 후지쓰카 지카시藤塚鄰(1879~1948)의 컬렉션을 뭉텅이로 찾아내면서 계획했던 일들을 다 미뤄두고 이 자료의 정리에 온전히 몰두했다. 생각하는 자료를 모두 갖춘 꿈의 도서관에서 어느 줄기를 당겨도 고구마가 줄줄이 딸려 올라오는 놀라운 경험을 했다.

워낙 많은 책을 뒤져 동시에 찾다 보니 일주일만 지나도 전생의 일인 듯 아마득했다. 날마다 내가 읽은 책과 공부한 내용을 잊지 않으려고 일기에 적어나갔다. 비슷비슷한 하루하루가 날마다 다른 하루로 변했다.

돌아오는 날까지 만 1년간 쓴 일기가 200자 원고지로 3,200매에 달했다. 그날그날 찾아 읽은 자료와 그것을 볼 때의 느낌과 새롭게 얻은 정보들이 그 속에 빼곡했다. 하루는 늘 막막하게 시작되었다가 충일하게 마무리되었다. 육신은 지쳐도 정신은 또랑또랑했다. 늦은 밤 연구소의 마지막 불을 끄고 돌아올 때마다 차오르는 것이 있었다.

이용휴는 〈당일헌기〉에서 다만 눈앞의 오늘이 있을 뿐 어제나 내일에 눈 돌릴 여가는 없는 것이라고 잘라 말했다. 오늘 공부하지 않으면 하루를 헛산 것이라 공일空日이라고 썼다. 이덕무는 오늘이 쌓여 고금이 될 뿐이니 내일이 오늘이 되고 오늘은 어제로 밀려나는 이 사흘의 누적 속에 인생과 고금이 놓여 있다고 단언했다. 나는 오늘의 힘을 믿는다. 이 순간의 중요성을 신뢰한다. 지금 성실치 않고 오늘 열심히 하지 않으면서 어제만 돌아보거나 내일을 꿈꾸지 않기를 늘 다짐하곤 한다.

정약용이 〈도산사숙록陶山私淑錄〉에서 말했다.

천하에 가르쳐서는 안 되는 두 글자의 못된 말이 있다. '소일消日'이 그것이다. 아, 일하는 사람의 입장에서 말하자면 1년 360일, 1일 96시각을 이어대기에도 부족할 것이다. 농부는 새벽부터 밤까지 부지런히 애쓴다. 만일 해를 달아맬 수만 있다면 반드시 끈으로 묶어 당기려 들 것이다. 저 사람은 대체 어떤 사람이기에 날을 없애버리지 못해 근심 걱정을 하며 장기 바둑과 공차기 놀이 등 하지 않는 일이 없단 말인가?

조금 놀아볼까 하다가도 이런 말씀과 만나면 정신이 번쩍 들어 다시 삶의 자세를 가다듬지 않을 수 없다.

문화의 차이와 비유의 차이

《성경》을 읽다 보면 비유가 무척 낯설다. '새 술은 새 부대에 담아야 한다'는 〈마르코복음〉의 말씀은 새 술을 헌 부대에 담아본 적이 없는 사람들이 알 수가 없다. 막걸리 마시던 사람들이 새 포도주의 활발한 발효작용이 가죽으로 만든 헌 부대를 팽창시켜 터뜨릴 정도라는 사실을 알 까닭이 없지 않은가. 더욱이 술은 단지나 술통에 담지 왜 가죽부대에 담나. 유목민들의 이동생활을 모르면 이 또한 이해가 쉽지 않다.

〈마태오복음〉의 씨 뿌리는 사람의 비유나 가라지의 비유도 그렇다. 건조한 토양 위에 씨앗을 뿌려도 사막의 바람은 이리저리 씨앗을 불어 엉뚱한 곳에 떨군다. 밭이랑을 만들어 씨앗을 심고, 부지런히 김매서 거두는 우리 농사의 방식에서는 있을 수 없는 일이다.

빵이 주식이었으므로 누룩이 자주 비유에 등장한다. 포도주가 주 음료였던지라 걸핏하면 포도주 얘기가 나온다. 포도원 일꾼의 품삯과 소작인의 비유 등 포도밭과 관련된 이야기도 유난히 많다. 그들의 일상에서 누구나 쉽게 알아들을 수 있는, 피부에 와 닿는 이야기였기 때문이다.

잃어버린 한 마리 양의 비유나 낙타와 바늘구멍의 비유도 그들의 유목문화를 이해해야 제대로 된 의미를 알 수 있다. 신랑을 기다리던 열 처녀 이야기는 그네들의 결혼 관습을 모르고서는 자칫 이상한 이야기로 비치기 쉽다. 비둘기나 나귀, 백합과 무화과나무 등이 자주 등장하는 것은 그들의 생활 가까이에 이것들이 비교적 흔했기 때문이다.

우리가 '소 잃고 외양간 고친다'고 말하면, 저들은 무슨 말인가 갸웃한다. 농경사회에서 소가 차지하는 중요성을 이해해야 비로소 실감나는 비유가 된다. '잘 익은 벼가 고개를 숙인다'는 말도 이쪽에서나 통하는 이야기다. 저들이 양과 목자를 이야기할 때 우리는 개나 소, 닭을 이야기한다. 건국신화의 주인공도 로마 사람들은 늑대가 기르고, 우리는 김수로나 김알지, 박혁거세 할 것 없이 다 알을 까고 나온다. 유목문화와 농경문화의 차이다.

저들이 장미나 백합에 열광할 때 우리는 매화와 국화를 찬미

한다. 미당 서정주의 〈국화 옆에서〉는 서양 독자들에게는 아무리 설명해도 요령부득인 작품이다. 그들에게 국화는 오상고절傲霜孤節의 상징이 아니라 장례식 때 쓰는 꽃이다. "한 송이 국화꽃을 피우기 위해 봄부터 소쩍새는 그렇게 울었나 보다"라고 하면, 아마도 저 여자가 자살을 준비하고 있나 보다 하는 생각이 날 것이다. 감동을 공유하기가 어렵다.

서양화에 등장하는 쥐는 악마의 상징이다. 하지만 신사임당은 수박을 파먹는 쥐 그림을 그렸다. 이때 쥐는 한배에 10여 마리씩 새끼를 까는 다산을 상징한다. 결혼해서 자식 많이 낳아 다복하게 살라는 축복을 징그러운 쥐 두 마리를 그려 표현했다. 《성경》에서 메뚜기는 곡식을 갉아먹는 악의 세력을 나타내지만, 동양화에서는 여전히 다산과 풍요의 상징이다. 한꺼번에 알을 많이 낳기 때문이다. 서양 사람들에게 사과는 으레 낙원 동산의 선악과를 떠올리고, 동양에서 복숭아는 장수의 상징이다. 비유의 코드가 애초에 같지 않은 것이다.

안식년으로 미국 동부에서 1년을 살 때도 도대체 숲만 있고 산이랄 것이 없는 지형이 돌아올 때까지 낯설었다. 차를 타고 고속도로를 나서면 전체 시야의 4분의 3 이상은 늘 하늘이었다. 저절로 하늘을 올려다보는 시간이 많아졌다. 유럽의 들판을 보아도 그랬다. 헤르만 헤세가 왜 그토록 구름을 사랑했는지 절로 이해가 갔다.

프랑스에 가서는 인상파 화가의 그림에 등장하는 그 많은 풍경과 표정들이 눈앞에 그대로 펼쳐지는 것에 놀랐다. 우리에게는 이국적 정서를 일깨우는 풍경들이 그들에게는 눈앞의 일상 그 자체였다. 그러니 그 그림을 보면서 느끼는 정서도 서로 아주 다르겠다는 생각이 들었다.

한국 사람의 시는 왜 그렇게 계절에 집착하고 꽃을 많이 노래하는지 모르겠다고 말하는 서양 학자를 만난 적이 있다. 사계절의 표징이 너무도 뚜렷한 우리의 기후 특성이 계절마다 삶의 양태를 어떻게 바꿔놓는지를 몰라서 한 말이다. 예전 타이완에 교환교수로 머물 때는 사철 푸른 숲 때문에 낙엽 없는 가을이 얼마나 어이없는지 처음 알았다. 더욱이 추운 겨울을 지나 봄이 오는 길목에서 연둣빛으로 물오르는 봄 숲의 감동을 저 더운 나라 사람들이 어찌 짐작이나 할 수 있겠는가.

가옥 구조처럼 충실하게 기후를 반영하는 것도 없다. 지붕의 경사 각도만 봐도 겨울에 눈이 많이 오는 곳인지 아닌지를 금세 알 수가 있다. 농경지역의 사람들은 손가락으로 집어먹고 손바닥으로 떠먹던 기억을 젓가락과 숟가락으로 재현해냈다. 유목민들은 고기를 먹어야 하니까 칼로 썰어 포크로 찍어먹었다. 이 도구의 차이가 또 얼마나 많은 사고의 차이와 비유들을 만들어냈을지 생각해보면 벌써부터 아득해진다.

모든 문화의 차이는 결국 기후와 풍토의 차이에서 나온다. 문화의 차이가 비유의 차이를 낳고, 인식의 틀과 삶의 양태를 바꿔놓는다. 따라서 다른 문화를 이해하는 과정은 비유를 이해하는 일에서 시작된다고 할 수 있다. 글을 읽다가 이런 비유의 차이에 대한 설명이 좀 더 친절했으면 좋겠다는 생각을 할 때가 많다. 서로 다른 코드에 대한 배려가 필요한 것이다.

슬픈 꿈

유토피아는 어딘가에 있지만 어디에도 없는 곳이다. 사람들은 어디에도 없는 유토피아가 어딘가에 있을 거라는 희망을 놓지 않는다. 유토피아의 모습은 시대마다 다르다. 자기에게 결핍된 욕구가 저마다 같지 않기 때문이다. 미사 때 제1독서에서 〈이사야〉 예언서의 한 대목을 읽는다.

> 늑대가 새끼양과 어울리고, 표범이 숫염소와 함께 뒹굴며, 새끼사자와 송아지가 함께 풀을 뜯으리니, 어린아이가 그들을 몰고 다니리라. 암소와 곰이 친구가 되어 그 새끼들이 함께 뒹굴고, 사자가

소처럼 여물을 먹으리라. 젖먹이가 살모사의 굴에서 장난하고, 젖뗀 어린아이가 독사의 굴에 겁 없이 손을 넣으리라. 나의 거룩한 산 어디를 가나 서로 해치거나 죽이는 일이 다시는 없으리라.

_〈이사야〉 11장 6~9절

어디를 가나 서로 해치거나 죽이는 일이 다시 없는 나라. 이사야 예언자가 그려 보인 장차 올 평화스러운 왕국의 모습이다. 늑대와 새끼양, 표범과 숫염소, 새끼사자와 송아지, 암소와 곰, 젖먹이와 살모사가 짝을 이루어 평화롭게 노닌다. 정작 눈앞에 놓인 것은 약육강식의 살벌한 전쟁통에서 질투와 적개심이 난무하고, 원수의 약탈로 생존이 늘 위협당하는 위태로운 삶이다.

새끼양과 숫염소, 송아지와 암소는 유목민의 삶에서 가장 소중한 가치다. 늑대와 표범, 사자와 곰과 살모사는 불시에 그들의 생존을 위협하는 약탈자의 모습이다. 언제 있을지 모를 이들의 공격 앞에 삶은 늘 전전긍긍 불안하다. 이러한 불안이 일거에 사라질 때, 평화는 오는가?

나는 약한데 저들은 강하다. 저들은 호시탐탐 내 것을 노린다. 그 처방을 내 힘을 길러 저들과 맞서는 데서 찾지 않고, 저들의 공격성을 박탈해 소처럼 여물 먹는 사자로 만들고 마는 데서 찾는 것은 너무나 소박하고 단순해서 왠지 좀 슬프다. 풀을 뜯는 사자와 표범, 독이빨이 없는 살모사…… 어찌 보면 참 싱겁고 심심하고 무료할 것 같은 낙원의 모습이다. 하지만 역설적이게 그들의 삶이 얼마나 죽고 죽이는 살육의 싸움에 지쳐 있었던가를 알 것 같다.

"아기들 늘 우유를 줄 수 있고, 노동자 쉴 시간이 넉넉하고, 집 없는 이 편히 쉴 집 있다면, 살기 좋은 세상 되리." 노래 가사는 잘 먹고 편히 쉬고 즐겁게 놀 시간이 없는 노동자의 꿈을 담았다. 사람들이 잘 먹고 편히 쉬고 즐겁게 놀면 그것으로 유토피아가 이루어질지는 아무도 장담하지 못한다. 오히려 사람들은 새로운 자극과 더 큰 쾌락을 찾아 타락의 길로 들어설지도 모른다.

동양인들이 꿈꾼 유토피아는 무릉도원으로 대표되는 소국과민小國寡民, 즉 나라는 작고 백성은 적은 그런 곳이다. 지리산에 있다는 청학동青鶴洞이 그렇고, 제주도민이 꿈꾸던 이어도가 그렇다. 상주의 식장산食藏山은 먹을 것이 저절로 나오는 유토피아다. 우리 선인들이 꿈꾼 유토피아는 한결같이 먹거리의 문제가 주된 관심사였다. 잦은 전란과 흉년, 가뭄과 홍수 끝에 찾아드는 전염병, 관리들의 수탈과 가렴주구는 세속과 철저히 차단된 작은 공동체에 대한 열망을 잔뜩 키워놓았다. 그들이 원한 것은 양과 송아지가 아니라 배를 채울 수 있는 풍족한 양식뿐이었다.

골이 깊고 뒤섞여 깊고도 크다. 흙이 두텁고 기름져서 온 산이 모두 사람 살기에 알맞다. 산 안에 백 리 되는 긴 골이 있어 바깥쪽은 좁지만 안쪽은 넓어서, 가끔 사람이 발견하지 못한 곳이 있다. 나라에 세금도 바치지 않는다. 지역이 남해에 가까워서 기후가 따뜻하다. 산중에는 대나무가 많고 또 감과 밤이 매우 많아 저절로 열렸다가 저절로 떨어진다. 기장이나 조를 높은 산봉우리에 뿌려두어도 무성하게 자란다. 평지에도 모두 심으므로 산중에는 촌사람과 중들이 섞여서 산다. 중이나 속인이 대를 꺾고 감이나 밤을 주워서, 수고하지 않아도 먹고살기에 걱정이 없다. 농부와 장인이 크게 노력하지 않아도 넉넉하다.

이중환李重煥(1690~1756)의 《택리지擇里志》에 나오는, 지리산에 있다는 부산富山의 모습이다. 자족적이되 풍요로워야 한다. 권위도 의무도 요구되지 않는다. 생산과 분배의 원칙도, 정치와 제도도 없다. 모든 인위가 배제된 데서 진정한 평화가 싹튼다. 진보를 향한 의지도 열망도 없다. 정말 그렇게 되면 우리의 삶은 행복할까?

결국 생존의 위협이 제거되고, 제도의 억압도 없이, 원시의 풍요만이 보장된 세상이 모든 사람들이 꿈꾼 유토피아의 진정한 실체란 말인가? 자극도 경쟁도 결핍도 없는 삶은 어찌 보면 너무나 권태로워서 사람들은 얼마 견디지 못해 다시 복잡하고 골치아프다 못해 처절하기까지 한 현실을 그리워하게 될지도 모른다. 마치 바쁜 도시생활에 치여 늘 전원의 삶을 그리다가도, 막상 명절에 고향에 가면 하루도 못 가서 서둘러 올라올 궁리만 하게 되는 사람들처럼 말이다.

유토피아는 지금 내게 결핍된 것을 채우려는 욕망이 빚어낸 허상이다. 현재의 결핍이 채워지는 순간, 유토피아는 다시 불만스럽고 일그러진 현실로 변하고 만다. 그리하여 또 새로운 꿈을 좇느라 몸은 헛놀고 마음은 늘 분주하다. 그런 삶의 외연적 조건을 벗어난 진정한 마음의 평화, 나날의 일상 속에서 늘 충만하게 차오르는 기쁨의 말씀은 어디에 있는가? 매일 같지만 나날이 다른 삶, 단조로운 일상을 경이로 가득 채우는 삶을 어떻게 찾을 것인가?

문화의 리듬

환경과 기후의 차이로 생활 리듬이 달라진다. 이것이 반복되어 문화의 차이를 낳는다. 오래전 타이완에 교환교수로 가 있을 때 일이다. 한국어 작문 시간이었다. 한국말이 서툰 학생들을 위해 발표 수업을 시켰다. 주제를 '한국 사람들은 왜, 한국은 왜?'로 해서 각자 한 가지씩 질문을 만들어 발표하게 했다. "한국 여자들은 왜 그렇게 화장을 많이 해요?" "한국 대학생들은 왜 술을 그렇게 많이 마셔요?" "한국 사람들은 왜 김치를 좋아해요?" 궁금한 것이 참 많았다.

저 스스로 찾아낸 대답이 시원찮아 내가 끼어들어 설명을 해주다 보니, 이게 마치 한국 문화 전반에 대한 강의가 되고 말았다. 타이완은 습기가 많다. 특히 겨울에는 벽에서 물방울이 줄줄 흘러내릴 정도다. 이 나라에 벽지 개념이 아예 없는 것은 이 때문이다. 액자도 유리를 끼우면 금세 곰팡이가 핀다. 여름은 땀이 많이 나고, 겨울은 습기가 많으니, 여자들이 화장으로 피부 보습에 따로 신경 쓸 필요가 없다. 타이완 학생들이 겨울에 한국을 오면 건조한 공기로 인해 아침마다 십중팔구 코피가 터진다. 세수만 하면 피부가 땅겨서 몹시 불편해한다. 그래서 한국 여자들이 화장을 열심히 하는 거다, 약간의 과장을 섞어 설명을 해주면 그제야 고개를 끄덕끄덕했다.

때로는 특수한 상황으로 인한 차이도 있다. 미국은 운전석이 왼쪽에 있고 보행자는 우측통행을 한다. 일본은 운전석이 오른쪽에 있고 보행자는 좌측통행을 한다. 그래야 마주 오는 차를 보며 걸어서 사고를 방지하기가 쉽다. 우리나라는 운전석이 왼쪽에 있는데 보행자도 얼마 전까지 좌측통행을 했다. 어찌 된 셈일까? 일제강점기 당시 운전석이 오른쪽인 일본 차 때문에 좌측통행이 굳어졌다. 그런데 해방 후에 미국 차가 들어와 운전석의 위치가 바뀌면서 보행도 우측통행으로 바뀌었어야 하는데, 오래 젖은 관성으로 두 가지가 어정쩡하게 뒤섞인 결과다.

건물로 들어서는 계단의 나선도 시계 방향으로 돌아가는지 시계 반대 방향으로 돌아가는지를 따져보면 좌측통행 문화와 우측통행 문화를 가늠할 법하다. 좌측통행과 우측통행을 바꾸는 일이 단순치 않은 것은 건물의 구조나 계단의 방향과도 연관이 있으리라는 짐작이다. 이런 것들이 알게 모르게 우리의 의식과 생활의 리듬을 지배한다. 술잔도 화투패도 우리는 시계 방향으로 돌려야 마음이 편하다. 이런 것은 순전히 무의식적인 리듬이다.

좌측통행을 우측통행으로 바꿨지만, 여전히 보행자들은 곳곳에서 충돌한다. 지금은 그래도 덜하지만 지하철 바닥에 보행자의 방향을 지정하는 화살표를 그려두어도 사람들은 자꾸 뒤엉켜 버린다. 계단을 오르는 내 앞을 왜 비키지 않느냐는 표정으로 누군가 막아선다. 옳고 그르고를 따질 계제가 못 된다. 이 팽팽한 경계지점에서 밀고 밀리는 갈등구조가 반복된다. 나는 틀림없이 이쪽이 옳다고 생각하는데, 상대방은 그것이 어떻게 옳을 수 있느냐고 묻는다. 타협점이 보이지 않는다.

어찌 보면 이런 리듬도 일종의 권력이다. 남아프리카의 해시계는 우리와 반대로 돈다. 하지만 그들이 손목에 찬 시계는 우리와 같다. 그들도 태양과 반대로 도는 그들의 시계에서 우리의 통행문화와 같은 혼란을 느낄까? 한편으로 이런 생각들 속에서 다른 문화를, 다른 계층을, 나와 생각이 다른 사람들을 이해할 수 있는 단초를 얻을 수도 있다.

몇 해 전 인문학과 과학기술 분야의 학자들이 모여 한 가지 주제를 두고 토론하는 자리를 몇 차례 가졌다. 똑같은 주제에 대해 그렇게 다양한 시선이 있을 수 있다는 데 우선 놀랐다. 처음에는 다들 비슷한 생각을 하겠지 하는 기대와, 자신의 주장에 남들도 흔쾌히 동조해줄 거라는 자신감으로 발언을 시작했다. 하지만 합치될 수 없는 입장 차이가 분명히 존재하는 것을 깨달으면서부터는 발언의 수위가 조금씩 조정되고, 상대를 위한 배려가 작동되는 것을 느꼈다. 대화를 끝내고 헤어질 때까지 어떤 결론에도 도달하지 못했지만 서로들 매우 유익한 만남이었다고 진심으로 공감하며 자리를 마무리했다. 각자의 자리로 돌아가서는 자신의 생각만이 전부가 아니라는 것을 절감하고 시점과 관점의 조정에 들어가게 될 터였다.

예전 영국과 프랑스를 잇는 해저터널이 완공되었을 때, 운전석이 서로 반대인 두 나라의 운전자들 때문에 주행 방향을 놓고 큰 소동이 있었다는 말을 들었다. 막상 일본만 가더라도 택시가 트는 방향이 우리와 정반대여서 깜짝깜짝 놀라곤 하는 것을 보면, 이 문제는 보통 심각한 일이 아니었을 법하다. 하지만 이 때문에 뚫린 터널이 다시 폐쇄되었다는 말은 아직 듣지 못했다.

서로 다른 생각을 가진 사람들 사이에 소통의 가교를 놓는 일, 나만이 옳다는 생각을 버려 상대의 시선으로 들어가보는 노력이 필요하다. 사회는 이런저런 불안정과 불만으로 들끓고 있다. 사건은 꼬리를 물고, 사태는 진정될 기미가 보이지 않는다. 잘하려한 조처가 일을 더 꼬이게 만든다. 코드가 안 맞고 리듬이 달라, 진단과 처방이 자꾸 엇박자로 나간다. 계단마다 늙은이와 젊은이가 서로 길을 비키라고 대치하고 선 형국이다.

"한국 사람들은 왜 김치를 좋아해요?" 타이완 학생들이 또 궁금해했다. 너희는 날씨가 따뜻하니까 사시사철 신선한 채소가 나오지? 한국의 겨울은 아주 추워서 채소가 나지 않는다. 그러니 겨울 동안 식단에 채소를 공급하려면 소금에 절여 저장하는 방법밖에는 없질 않겠니? 그렇다 보니 발효식품, 저장식품들이 발달하게 된 거다. 하지만 요즘은 비닐하우스다 뭐다 해서 겨울에도 신선한 채소를 쉽게 구할 수 있으니까, 요즘 젊은 사람들은 김치를 예전처럼 많이 먹지는 않는다. 환경이 변하면 입맛도 바뀌는 법이거든.

영어공부

2005년, 안식년을 맞아 미국 러트거스대학에 방문 학자로 갔다. 집이 프린스턴시에 있었기 때문에 근처 프린스턴대학 도서관에서 작업을 주로 했다. 한번은 세미나 공고가 붙었다. 제목이 '털 난 야만인'이었다. 19세기 일본 회화에 갑자기 많이 등장한 털북숭이 야만인 소재를 다루고 있었다. 미국 내 다른 대학에서 온 중년의 백인 교수는 그림 자료를 띄워가며 호들갑스럽게 발표했다. 그림 속의 털 난 야만인은 누가 봐도 매부리코의 서양인이었다.

그가 갑자기 군관 복장을 한 수염 많은 조선 통신사 그림을 잇

달아 보여주더니, 일본 회화 속 야만인의 정체는 서양인이 아니라 조선인이라고 단정 짓듯 말했다. 분기가 탱천했다. 저런 미친 자가 있나? 하지만 한마디도 못했다. 다행히 그의 주장은 발표 당시부터 고개를 절레절레 젓던 그 대학 미국인 교수들에게 박살이 났다. 분이 조금 풀렸다. 한국인이 야만인이라고 모욕하는데 정작 당사자가 꿀 먹은 벙어리로 있다 온 것만큼은 뒷맛이 영 개운치가 않았다. 그때 유창한 영어로 그의 터무니없는 논의를 통쾌하게 꾸짖어줄 수 있었더라면 얼마나 상쾌했을까?

그간 학회 참석차 외국에 다닐 기회가 꽤 있었다. 견문도 넓히고 그들의 사고방식도 익힐 겸 해서 힘들어도 참석했다. 번역을 염두에 두고 발표문을 쓰려니 문장도 마음에 안 들고, 시간과 비용도 적지 않게 들었다. 그래도 다녀오면 생각이 깊어지고 무엇보다 시야가 넓어지는 느낌이 들었다. 접근방식이 우리와는 판이했다. 아! 질문을 저렇게 바꾸니까 답이 이렇게 달라지는구나, 나도 그렇게 해봐야지! 질문을 바꾸자 놀랍게도 그전까지 보이지 않던 지점들이 분명하게 보였다.

하지만 반벙어리 수준의 내 영어 실력이 지금도 늘 답답하다. 도움을 받아 번역해간 원고를 떠듬떠듬 읽다 보면 주어진 시간은 금세 다 지나간다. 질문을 못 알아들어 대답이 늘 헛돈다. 막상 외국 학자들의 한국학 관련 발표는 읽어보면 형편없는 경우가 많았다. PPT를 띄워가며 현란하게 발표해서 무슨 굉장한 내용인가 싶어 들여다봐도 사실은 참 한심한 수준이었다. 한국에서라면 같이 발표하는 게 창피할 정도였다. 그들도 내 형편없는 영어 실력을 보고 같은 생각을 했겠지만.

중국어의 경우는 조금 달랐다. 무슨 바람이 불었던지 대학 3학년 방학 때 중국어 회화 학원에 등록을 했다. 겨우내 짧은 단문의 회화를 반복해서 익혔다. 하루는 인사동에 있는 중국 책을 취급하는 서점에 들렀다. 홍콩에서 책을 가져온 젊은 친구가 중국어로 떠드는데 주인은 한마디도 못 알아들어 난감한 상황이었다. 서툰 중국어로 중국인이냐고 묻자, 답답해하던 그가 내가 중국어를 잘하는 줄 알고 신이 나서 막 떠들었다. 말이 통할 리 없었다. 한자로 필담을 섞어 몇 마디 나누고 헤어졌다.

고작 한두 달 배워 필담 섞어서 중국인과 대화를 했다는 사실에 나는 크게 고무되었다. 그 뒤 상황을 만들어 중국인과 대화하는 상상이 부쩍 잦아졌다. 4학년에 진학하면서는 그때 막 생긴 중문과 2학년 교실에 들어가 세 과목이나 정식으로 수강했다.

대학원에 진학해서는 중국 논문을 열심히 읽었다. 당시 한국 한문학 연구의 일반적 연구 태도와는 방법이 달라 새로운 시각을 갖는 데 많은 힘이 되었다. 1998년에는 교환교수로 타이완에 1년 가 있었다. 중국어를 전혀 몰랐다면 용기를 내기 힘들었을 일이다.

영어를 제대로 공부하지 않은 것이 늘 후회스럽다. 밖에 나가 보면 언어가 권력이란 말을 실감한다. 한국학의 세계적 경쟁력은 언어의 장벽에서 자주 가로막힌다. 거침없이 말하는 사람은 콘텐츠가 없고, 콘텐츠의 경쟁력을 갖춘 반벙어리들은 입을 못 떼니 그저 한몫으로 넘어갈밖에.

다시 기회가 주어진다면 외국어 하나쯤은 원어민 수준으로 익히고 싶다. 그 바탕 위에서 학문의 경쟁력을 갖출 때 신나는 멋진 일들이 좀 많겠는가? 이제부터라도 영어공부를 시작해볼까? 새로운 연구년을 앞두고 이런저런 궁리가 참 많다.

소소한
큰 가르침

수업시간에 학생들과 함께 다산이 제자 황상黃裳에게 준 〈삼근계三勤戒〉를 읽었다. 강진 아전의 자식이었던 그가 스승 다산을 만나 공부를 시작할 때 이야기다. "저같이 머리 나쁜 아이도 공부할 수 있나요?" 열심히 공부하라는 스승의 말씀에 시골 소년은 쭈뼛쭈뼛 이렇게 되묻는다. 그러자 스승은 공부는 바로 너 같은 아이라야 할 수 있는 거라면서, 머리가 나쁘고 자질이 부족해도 부지런히 노력하고 또 노력하면 이루지 못할 것이 없다는 삼근의 가르침을 내렸다.

스승은 아예 그 당부를 글로 써서 소년에게 주었고, 소년은 그 뒤 60년 동안 그 종이가 나달나달해지도록 읽고 또 읽어 가슴에 새기고 실천에 옮겼다. 작은 씨앗 하나가 풍성한 열매를 맺고 조그만 파문 하나가 마침내 집채만 한 파도를 일으키는 기적을 나는 황상의 삶을 복원한 《삶을 바꾼 만남》이란 책을 쓰면서 마음 깊이 실감했다.

글을 읽고 나서 학생들에게 감상문을 과제로 받았다. 감상문을 읽다가 뜻밖에 많은 학생들이 자신의 삶을 바꿔준 중고등학교 시절의 스승 한 분씩을 간직하고 있다는 사실에 놀랐다. 선생은 있어도 스승은 없고 학생은 있지만 제자는 없다는 탄식 속에서도 사제 간의 사랑과 감화는 어느새 '내' 삶 속으로 스며들어 '나'를 바꾸고 세상을 변화시켜온 것이다.

그런데 학생들이 기억하는 마음속의 스승은 뜻밖에도 잘 가르쳐주거나 야망을 심어주거나 '나'를 특별히 칭찬해준 분이 아니었다. 오히려 '나'를 기다려주고 참아주고 믿어준 분들이었다. 인생의 좌표를 못 찾아 절망하고 공부의 요령을 못 얻어 좌절하고 있을 때 무심히 던져준 한마디와, 정작 선생님 본인은 기억하지도 못할 소소한 행동들을 학생들은 마음 깊이 새기고 있었다. 큰 가르침은 일상의 그늘 속에 숨어 있었다. 삶을 바꾸는 만남은 거창하지도 않고 화려하지도 않다는 사실을 실감했다.

얼마 전 다산이 황상에게 준 별도의 〈증언첩贈言帖〉을 새롭게 살펴볼 기회가 있었다. 1814년 5월 30일에 다산이 황상에게 써준 11항목으로 된 가르침이었다. 다산은 제자들에게 종종 이렇게 가르침의 말씀을 친필로 써서 선물하곤 했는데, 그 사람에게 꼭 맞는 맞춤형 교육의 내용을 담고 있었다. 이중 두어 항목을 읽어보자.

> 보슬비가 막 지나가면 채소밭 푸성귀의 흙먼지가 말끔하게 씻겨 나가 살지고 부드러워 사랑스럽다. 이때 갑자기 귀한 손님이 찾아오면 기쁘게 붙들어 머물게 하고, 밭 일꾼에게 시켜 이를 조금 따와서 손님상에 찬으로 함께 내오게 한다. 이것이 천하의 해맑은 일이다.

이미 아전 노릇을 그만두고 전원생활을 시작한 제자에게 전원의 삶이 주는 소박한 기쁨을 발견해나가기를 바란 스승의 마음이 느껴진다.

> 까닭 없이 복을 받는 사람을 보면 반드시 그 사람의 우애가 남보다 특별하였다. 세상에는 가짜 효자도 있다. 비록 마을에서 모두들 칭찬한다고 해도 깊이 허락할 만한 것이 못 된다. 우애로운 사람이라야 참된 효자가 됨이 분명하다. 형제가 이웃에 살면서 동쪽 집에서는 밥 짓는 연기가 올라오는데 서쪽 집에서는 우물이 어는 자가 있다. 아!

따로 떨어져 살던 동생 황경과 우애롭게 지낼 것을 당부한 내용이다. 이런 말도 들어 있다.

> 스스로를 낮추는 사람은 남이 그를 올려주고, 스스로 높이는 사람은 남이 그를 끌어내린다. 이 말은 마땅히 죽을 때까지 외우도록 해라.

머리가 다 큰 제자를 위해서도 다산은 끊임없이 당부하고 일깨웠다. 스승은 사실 자신과 신분도 다르고 자기에게 아쉬울 것이 하나도 없는 분이었다. 그런 스승이 자신을 생각하며 내려준 사랑과 관심이 그의 평생 삶을 지탱하는 버팀목이 되어주었다.

학생들은 과제에서 또 이렇게 쓰고 있었다. 처음에는 다산 같은 스승을 만난 황상이 무척 부러웠는데, 나중에는 자신이 황상 같은 제자가 될 수 없을 것 같아 부끄러웠다고. 그 말을 읽다가 나는 또 어떤 제자였고 또 어떤 스승이었나를 아프게 되돌아보았다. 그들의 과제에 이번 스승의 날에 그 마음속의 스승을 찾아 뵙거나 편지를 올리는 것이 좋겠다는 답글을 달아주었다.

사실과 진실의 사이

양제해梁濟海(1770~1814) 모반 사건은 1813년 제주에서 일어났다. 제주도 자치국가 건설을 꿈꾸다 미수에 그친 역모 사건이었다. 《조선왕조실록》을 비롯해서 《민족문화대백과사전》에도 다 그렇게 나와 있다. 다산의 제자 이강회李綱會가 쓴 《상찬계시말相贊契始末》이란 책을 읽어보니, 실상이 영 딴판이었다. 양제해는 제주도 아전들의 가혹한 수탈과 착취에 맞서 분연히 일어섰던 인물이었다. 아전들의 상찬계 조직은 그로 인해 자신들의 비리가 드러날 것을 염려했다. 그래서 거꾸로 양제해를 무고해 역모로 뒤집어씌워 그를 죽임으로써 서둘러 입을 막아버렸다. 진실은 지난 200년 동안 왜곡된 채로 묻혀 잊혀졌다.

관련 자료를 뒤져보니, 억울하게 역적으로 몰려 죽은 그는 지방자치 시대를 맞아 이제는 또 다른 의미에서 제주도 별국 건설을 시도했던 민중영웅으로 윤색되고 있었다. 역적으로 내몰아 죽여놓고 이제는 민중의 영웅이라니, 이래저래 그를 두 번 죽이는 일이 아닐 수 없다.

《상찬계시말》은 일본 교토대학 가와이문고河合文庫 수장고 속에 오래 잠들어 있다가 최근에야 공개되었다. 자료를 읽는데 자꾸 양제해의 한 서린 절규가 환청처럼 들렸다. 피투성이의 얼굴에 원통한 눈빛이 형형했다. 저자 이강회는 당시 흑산도로 유배와 있던 이 사건 관련자를 인터뷰하다가 분개하여, 왜곡의 실상을 낱낱이 기록으로 남겼다. 글에서는 그의 가쁜 호흡도 생생하게 느껴졌다. 그래서 해원解冤의 심정으로 관변 기록과 대비해 이 사건의 시말을 밝힌 논문을 썼다.

막상 이강회의 기록을 근거로 해서 그동안 우리가 진실이라고 믿었던 관변 자료 속의 증언과 심문 등을 검토해보니, 앞뒤가 맞지 않고 허술한 내용이 한둘이 아니었다. 당시는 '홍경래의 난'을 비롯하여 전국적으로 민란이 숱하게 발생하던 시기였다. 이 가운데 지방관이 자신의 가혹한 수탈과 학정을 호도하기 위해 이런 식으로 뒤집어씌운 역모 사건은 또 얼마나 많았을까 하는 생각마저 들었다. 마치 지난 군사정권 시대의 간첩단 사건처럼 말이다.

수십 년간의 억울한 옥살이로 한 사람의 인생을 망쳐놓고, 그 때는 세월이 험해서 그렇게 됐으니 미안하다고 하면 그 인생은 어떻게 보상받는가. 사고를 위장해 정적의 목숨을 빼앗고서 관련자들의 입을 막았던 사건도 세월이 바뀌자 실체가 드러나기도 한다. 그런데 막상 그 실체라는 것도 조사의 주체나 의도에 따라 실상이 뒤바뀌기 일쑤다.

진실과 화해를 내세웠던 '과거사 정리위원회' 등 각종 진상규명위원회의 활동은 정권의 향배에 따라 이리저리 휘둘려왔다. 한쪽에서 의혹설을 제기하면 다른 편에선 음모론으로 맞선다. 말이 서로 엉기니 일반 국민들이야 무엇이 진실이고 어디까지 사실인지 가늠하기조차 어렵다. 진상을 규명하자는 일이 갈등의 골을 더 깊게 만들기도 하고, 더 치열한 공방을 낳기도 한다. 대체로 진정한 화해의 모양새로 가기보다 겨우 아문 상처를 다시 헤집는 결과로 이어지는 경우가 더 많다. 그렇다고 이 모든 일을 없던 것으로 덮고 가자는 것이 해법이 될 수는 없다. 우리는 역사의 거울을 더 투명하게 닦아야 할 책무가 있다. 또 이런 논의가 이루어진다는 자체가 큰 진전이 아닌가.

불과 몇십 년 전, 누구나 목도했던 사실을 두고도 진실공방이 끝이 없다. 200년 전 양제해 사건 같은 경우는 이강회의 우연한 기록마저 없었던들 재론의 여지조차 없었을 것이다. 어찌 보면 사실만 있지 진실은 애초에 없었는지도 모른다. 한 가지 사실이 서로 다른 진실을 말하는 경우도 있다. 그렇다고 세상의 수많은 양제해들의 절규를 못 들은 체 외면하는 것은 더 큰 죄악이다. 사실과 진실의 사이, 이 엇갈림에 대한 생각이 요즘 들어 자꾸 깊어진다.

타이중의 차관

나흘간의 타이완 학회 일정을 마치고 귀국하는 아침이다. 타이중 중싱대학中興大學에서 열린 타이완서사학회에서 18세기 조선인의 타이완 표류기 3편을 소개하는 발표를 했다. 내가 소개한 자료가 처음 보는 것이라며 신기해했다. 다음번 국제학술회의를 각국의 표류기를 가지고 해볼 테니, 한 번 더 와서 발표해달라는 말도 했다.

첫날 잠깐 들렀던 차관茶館의 고풍스러운 분위기가 생각나서 아침을 먹고 그곳으로 걸어갔다. 왕희지의 〈난정서蘭亭序〉 임서臨書가 한 벽면을 가득 채운 춘수당春水堂 차관은 이제 막 장사를 시작하려는 참이었다. 낯선 손님이 와서 아침 먹을 시간에 백호오룡차白毫烏龍茶를 찾으니 식전부터 웬 차냐는 눈치다. 어릴 적 생각이 나서 곁들임으로 팔경단을 시켰다. 잠시 후 다시 오더니 팔경단은 아직 준비가 안 되었다고 한다. 그래서 매실을 홍차에 절인 홍차산매紅茶酸梅를 주문했다.

월요일 아침, 출근하는 차와 오토바이의 행렬이 도로를 꽉 메웠다. 늘씬한 아가씨가 허벅지를 드러낸 채 오토바이를 타고 휙 지나간다. 철도가 건너다보이고, 낡고 깨끗지 못한 가옥들이 거리에 연이어 있다. 이방인의 자리에서 물끄러미 사물을 바라보는 느낌이 유난스럽다.

차관 한 벽에는 '진세시유일천당塵世是唯一天堂, 차관위인간락토茶館爲人間樂土'라는 대련이 초서로 쓰여 있다. '티끌세상이야말로 유일한 천당이요, 찻집은 인간의 낙토'란 뜻이다. 장사도 이쯤 해놓고 하는 법이지 싶다. 벽에 높이 걸린 주련에는 멋진 행서로 '대개록야상방시大開綠野賞芳時, 화여금花如錦, 류약연柳若煙, 미거금준춘이취未擧金樽春已醉'라고 써놓았다. 풀이하면 '드넓은 초록 들판 꽃다움 감상할 제, 꽃은 마치 비단이요, 버들은 안개일세. 금술잔 들기도 전에 봄에 하마 취했네'라는 의미다. 의경이 자못 거나하다.

분명히 가을을 노래한 바깥짝이 있겠다 싶어 차관을 둘러봐도 보이질 않는다. 그래서 서빙하는 아가씨를 불러 다른 한 짝이 어디 있느냐고 물어보았다. 그랬더니 무슨 말인지 몰라 머뭇거리다 자기들끼리 이런저런 얘기를 주고받더니 다시 수줍게 와서, 하나가 더 있는데 그것은 여기에 걸지 못하고 딴 곳에 보관 중이라고 말한다.

낯선 나그네가 아침부터 빈속에 차를 시키는 것부터 괴이쩍게 생각하다가, 알지 못할 질문까지 하니 다시 자기들끼리 저 앉은 쪽을 바라보며 귓속말을 주고받는다.

중국에 오면 기둥에 걸린 이런 주련의 구절들을 읽고 음미하는 것이 또 한 가지 즐거움이다. 묵고 있는 호텔의 식당에는 '정리매사전일과靜裏每思前日過, 한시보독소년서閑時補讀少年書'라는 대련이 적혀 있었다. '고요 속에 언제나 지난 잘못 생각하고, 한가할 땐 젊은 날 읽던 책을 다시 읽네"라는 뜻이다. 수첩을 꺼내 적어두었다.

내 논문의 토론을 맡았던 타이완 중앙연구원의 탕 선생은 타이완에 조선 표류민 관련 기록이 열세 건이나 있다고 내게 알려준다. 내가 가져간 우리 쪽 자료 사본을 흔쾌히 건네주니, 그는 타이완 쪽 기록을 카피해서 나에게 보내주겠다고 한다. 이 자료가 내게 오면 이번 발표 논문을 훨씬 더 정치하게 다듬을 수 있겠다 싶다. 한창 바쁜 중에 이곳까지 와서 발표하려니 공연한 일을 벌였나 하는 생각에 마음이 무겁다가, 이런 일이 생기면 참 오길 잘했구나 하는 생각이 든다.

함께 참석했던 베트남 사회과학원 연구원장과도 즐거운 시간을 가졌다. 큰 만찬에서도 맥주 한잔 마실 줄 모르는 타이완 사람들과는 달리, 그는 우리처럼 술을 즐겼다. 대연회에 술 한잔 내오지 않기에 내가 불쑥 맥주를 시켜달라고 했다. 그랬더니 갑자기 우리 테이블만 분위기가 흥겨워져서 건배를 외치는 소리가 연신 이어졌다. 그다음부터 식사 때마다 시키지 않아도 맥주를 내왔다.

새로운 사람들과 만나고, 전혀 다른 학문 세계의 생각하는 법을 배우는 일이 국제학술회의의 가장 큰 보람이다. 물론 이것을 위해 치러야 할 대가가 적지 않다. 차관에서 천천히 차를 마시며 글을 끼적이다 보니 어느새 공항으로 출발할 시간이 되었다. 이렇게 하나의 기억을 다시 갈무리해둔다.

빛 없는 그늘

세상 살기는 갈수록 팍팍해 앞이 잘 보이지 않는다. 사람들의 마음도 나날이 강퍅해져서 잠깐을 참지 못해 주먹과 욕설부터 튀어나온다. 드라마 속의 풍경은 늘 풍요롭건만 대체 어떻게 가르치고 무엇을 배워 세상이 이런가?

도연명陶淵明이 자식에게 보낸 짧은 훈계 편지다.

네가 날마다 쓸 비용마저 마련키 어렵다 하니 이번에 이 일손을 보내 나무하고 물 긷는 너의 수고로움을 돕게 하마. 그도 사람의 자식이니라. 잘 대우해야 한다.

자식이 행여 아랫사람에게 함부로 대할까 염려해 쓴 글이다. 선조 때 백광훈白光勳은 아들에게 보낸 편지에서 이렇게 썼다.

듣자니 너희가 자못 남을 업신여기는 태도가 있고, 게다가 남의 허물을 즐겨 말한다더구나. 사람이 배우는 것은 이 같은 병통을 없애기 위해서다. 놀라고 비통하여 죽고만 싶다. 남에게서 한 번이라도 몸가짐을 잃게 되면 평생 다시 남에게 쓰이게 되기 어려운 법이다. 이후로도 너희가 능히 이 버릇을 통절하게 없애지 않아 혹시라도 이러쿵저러쿵하는 자가 있게 되면 맹세컨대 다시는 너희를 보지 않겠다. 천번 만번 경계하고 삼갈 것은 단지 이것뿐이다.

자식들이 건방을 떨며 남 말하기 좋아한다는 말을 듣고 못된 버릇에 쐐기를 박으려고 쓴 글이다.
제갈량諸葛亮의 〈계자서誡子書〉에 담긴 뜻도 남다르다.

군자의 행실은 고요함으로 몸을 닦고, 검소로써 덕을 길러야 한다. 담박함이 아니고는 뜻을 밝게 할 수가 없고, 차분히 고요해지지 않으면 먼 데까지 이르지 못한다. 배움은 모름지기 고요해야 하고, 재주는 모름지기 배워야만 한다. 배움이 아니고는 재주를 넓힐 수가 없고, 고요함이 아니면 배움을 이룰 길이 없다. 멋대로 게으르면 정밀하게 궁구할 수가 없고, 사납고 조급하면 성품을 다스릴 길이 없다. 나이는 시간과 함께 내달리고 뜻은 세월과 더불어 지나가버린다. 마침내는 비쩍 말라 영락해서 세상과 만나지 못하는 수가 많다. 궁한 집에서 구슬피 탄식한들 그때 가서 장차 무슨 소용이리.

여기서 그 유명한 '담박명지澹泊明志', '영정치원寧靜致遠'의 성어가 나왔다. 들뜨는 마음을 가라앉혀서 담박함과 고요함으로 몸을 닦고, 덕을 길러 세상의 쓰임에 맞갖은 준비를 갖출 것을 당부했다.

박제가朴齊家(1750~1805)도 만년의 유배지에서 아들을 위해 붓을 들었다.

장름이는 필묵이 한결같이 조급하고 경솔하여 조금도 성의가 없으니 문리를 가늠해볼 수 있겠고, 인품도 그다지 나아지지 않았음을 알 수 있겠다. 이것이 걱정이로구나. 장암이는 자획은 조금 낫지만 다만 늘 쓰는 보통 글자도 번번이 잘못 쓰니 이끌어 가르쳐 주는 이가 없어 그런가 싶다.

자식이 보내온 편지의 필체에서 자식의 성정과 인품과 학업의 수준을 읽고 다급해진 아버지의 마음이 느껴진다.

이런 어버이의 간절한 당부를 듣고 자란 자식들은 선대의 명성을 실추하지 않고 바른 삶을 걸어갈 수 있었다. 오늘은 어떤가? 가정에서 아버지의 위상은 더 갈 데 없이 추락했다. 돈이나 벌어오고 그저 잔소리나 안 하면 좋은 존재다. 밖에서는 상사에게 주눅 들고 아랫사람에게 치인다. 집에 오면 아내의 눈치 보고 자식의 원망이나 안 들으면 다행이다. 제 삶이 누추하니 면목이 없어 자식에게 할 말이 있어도 입을 그만 다문다. 직장에서 밀려나 돈까지 못 벌게 되면 이런 천덕꾸러기, 애물단지가 따로 없다. 무슨 말을 한들 영이 서겠는가?

할 말 못하는 아비, 들을 말 못 듣고 자란 자식들 위에 사회의 구조악까지 얹혀지고 보니 세상에 풍파 잘 날이 없다. 굽실대던 낮은 처지를 벗어나 조금 지위를 갖게 되면 금세 아랫사람 업신여기고 함부로 대한다. 제가 그의 처지일 때 생각은 간 데가 없다. 오히려 한술 더 뜬다. 마침내 광망하게 굴다가 나락에 떨어지고 나서도 제 탓할 생각은 없고 세상 원망만 한다. 가정교육의 부재가 승자독식의 사회구조와 만나 빚어낸 슬픈 풍경이다.

앞에서 끌고 뒤에서 밀던 아름다운 가족공동체에 갈수록 삭풍만 분다. 빛을 못 본 그늘은 어둠의 기억만 간직한다. 저 도우려고 보내는 하인을 자식이 혹 업신여겨 함부로 대할까 봐 '그도 사람의 자식이니 잘 대우함이 마땅하다'는 편지를 들려보냈던 도연명의 노파심이 오래 뇌리에서 사라지지 않는다.

스스로를 아끼는 사람

부귀의 처지에 있을 때는 빈천한 사람의 힘들고 괴로움을 알아야 하고, 젊어 힘 좋은 시절에는 모름지기 늙고 쇠한 이의 힘든 것을 생각해야 한다. 편안하고 즐거운 곳에 있을 때면 마땅히 환난에 처한 이의 사정을 이해해야 하고, 곁에서 지켜보는 입장에 놓였을 때는 그 속에 있는 사람의 힘든 마음을 헤아려주어야 한다.

명나라 정선鄭瑄의 《작비암일찬昨非庵日纂》에 나오는 말이다. 역지사지易地思之라 했다. 처지를 바꿔 생각하라는 뜻인데, 이게 말처럼 그렇게 쉽지가 않다. 우리 사회의 온갖 문제들도 따지고 보면 입장을 바꿔 생각할 줄 모르는 데서 비롯된 것들이다.

부유한 사람들은 없는 이들의 형편을 헤아려주지 않는다. 젊은이는 저 잘난 것만 알고 나이 든 어른을 공경할 줄 모른다. 가진 사람들은 더 가지려 하고, 다 가지려 한다. 내 배가 부르면 남 주린 것은 생각하지 않는다. 나는 옳은데 남이 내 편을 들어주지 않으니 화가 난다.

예전 내가 가난하고 힘들었을 때를 생각해보면, 지금 이 자리가 그렇게 송구하고 감사할 수가 없다. 나도 언젠가는 나이 들 테니 윗사람 공경은 결국 나를 공경하는 일이기도 하다. 온통 움켜쥐려고만 하다가 한번 나누고 보니, 마음에 오히려 기쁨이 샘솟는다. 물러서고 양보하면 지는 것이라고 여겼는데, 막상 한 걸음 물러서서 양보하니 상쾌하고 개운하다.

나눔은 내가 가진 것이 많아 남에게 베푸는 것이 아니다. 내가 넉넉해서 없는 이에게 나누어주는 것이 아니다. 처음엔 남에게 베푼다고 생각했는데 하다 보면 도리어 내가 받고 있고, 나누어주는 줄 알았는데 결국은 내게 더 많이 돌아오는 것이 나눔이다. 다 나눠주고 나면 내 것이 남지 않아야 이치에 맞지만, 나눠줄수록 더 풍요로워진다. 베풀고 나면 받은 쪽에서 고마워야 할 텐데, 베푼 사람이 더 고맙다. 전에는 안 보이던 것이 새롭게 보이고, 앞서는 나와 무관하던 일이 바로 내 일이 된다.

이런 희한한 경험은 누구나 할 수 있는 것은 아니다. 나누는 삶, 함께하는 생활을 통해 우리는 거듭난다. 시력을 잃은 이들을 위해 점자를 입력하고 녹음을 하다 보니, 오히려 내 마음의 눈이 떠진다. 장애인시설에 가서 봉사를 하다가 내 마음속에 숨어 있던 더 큰 장애를 발견한다. 노인요양시설에서 청소하고 빨래하다가 사람의 바른 도리를 새삼 깨닫는다. 환경봉사활동을 하다가 함부로 버리고 아낄 줄 모르던 지금까지의 생활을 되돌아보게 된다. 외국에 나가 힘들게 해외봉사를 하고, 오히려 가슴 가득 벅찬 배움을 안고 돌아온다.

나눔은 내가 남에게 베푸는 것이 아니다. 베푸는 것은 내 쪽이 아니고, 내가 베푼다고 생각한 그쪽이다. 내가 그들에게 준 것보다 그들이 내게 준 것이 훨씬 더 많다. 그러니까 대차대조표를 따져본다면, 베푸는 쪽도 받는 쪽도 애초에 밑지는 일이 없는 남는 장사가 바로 나눔이다. 나눔의 정신 속에 젊음은 성숙해간다. 베풂 속에 삶은 더 풍요로워진다. 그의 눈매는 깊어지고, 그의 가슴은 더 따뜻해진다.

명나라 때 사람 주국정朱國楨은 또 이렇게 말했다.

> 남을 아끼면서 자신을 아끼지 않는 사람은 없다. 이것이 사람의 마음이다. 남을 해치면서 스스로를 해치지 않는 사람은 없다. 이것은 하늘의 이치다.

남과 기쁘게 나누고 즐거이 베풀 줄 아는 사람은 자신을 사랑하는 사람이다. 제 이익을 위해 남을 해코지하는 사람은 스스로를 망치는 사람이다. 남을 향해 도끼를 휘두르지만 결국 그가 찍는 것은 제 발등이다.

내가 소중해서 남을 아낀다. 이때 나와 남은 우리가 된다. 내가 소중해서 남을 해친다. 그래서 세상은 지옥이 된다. 나에 대한 사랑이 남을 향한 사랑으로 확산되고, 나와 남의 경계를 허물어 우리가 되는 삶, 이것이 나눔의 참된 정신이다.

소르본대학 교정에서 만난 우리 고전

2016년 6월 3일 오후 2시, 유서 깊은 파리 4대학 소르본 교정에서 한국 고전문학을 주제로 세미나가 열렸다. 한불 수교 130주년과 대통령의 프랑스 국빈 방문에 즈음하여 한국문학번역원이 마련한 우리 고전을 주제로 한 대화의 자리였다.

12시에 발표자들과의 사전 인사와 대화를 위한 자리가 식사를 겸해 있었다. 참석자는 기조발제를 맡은 필자와 추사 김정희에 관한 두툼한 에세이집을 펴내 이목을 집중시킨 크리스틴 조르디스 선생, 탁월한 판소리 공연 기획자이자 프랑스어로 판소리를 직접 한 시간 또는 두 시간씩 공연해온 에르베 페조디에 선생,

그리고 스페인에서 건너온 히페리온출판사의 원로 편집장 헤수스 무나리즈 선생이다. 여기에 오늘 행사의 좌장을 맡은 소르본대학의 원로 프랑시스 피카르 교수와 한국문학번역원의 김윤진 본부장, 행사 진행 전반을 담당한 구효진 씨, 통역을 맡은 공예진 씨가 자리를 함께했다.

유서 깊은 교정의 바깥 카페에서 만나 커피와 음료를 마시며 인사를 나눈 우리는 소르본 교정으로 이동해 그곳의 교수식당에서 식사하며 대화를 이어가기로 했다. 개인적으로 10여 년 전 소르본대학을 찾았다가 굳게 닫힌 철문 앞에서 무연히 발길을 돌렸던 기억이 있다. 교정으로 들어서자 빅토르 위고와 파스퇴르의 동상이 17세기에 세워진 대성당의 우뚝한 건물 아래 서 있다. 저마다 한국 문화에 대해 깊은 애정을 지닌 분들이라, 연륜이 느껴지는 교수식당의 식탁에서도 한번 열린 대화의 물꼬는 좀체 끊어지는 법이 없었다.

2시부터 시작된 컬로퀴엄은 그 어려운 철제문의 보안을 통과해 들어온 참석자들의 호기심 어린 눈빛 속에서 시작되었다. 먼저 필자가 기조발제자로서 '눈 뜬 장님, 중간은 어디인가?—18세기 동아시아 지성사의 지평과 연암 박지원'을 주제로 생기 넘치던 한국의 18세기 문화사와 그 중심에 선 연암 박지원의 사유세계를 소개했다. 사유의 전복을 꿈꿨던 18세기 지성의 사유가 현재적 관점에서도 여전히 위력적이라는 점과, 그를 통해 동아시아 지성사의 대화를 시작해볼 것을 제안했다.

이어 첫 번째로 크리스틴 조르디스 선생이 '추사 김정희의 삶, 유교적 가치가 현대의 우리에게 시사하는 바'를 주제로 발표를 진행했다. 지난해 프랑스의 유수한 출판사에서 추사에 관한 전문서를 펴내 언론의 주목을 받았던 그녀는 경쾌하면서도 열정적인 사람이었다. 추사의 인간과 예술이 그녀의 발표를 통해 프랑스적 미감으로 되살아나 하나의 아우라Aura를 만들어냈다. 한국어를 모르는 그녀가 가까운 이의 도움을 받아 추사의 주요 글을 프랑스어로 옮기고, 그의 체취를 느끼기 위해 제주 유배지와 예산과 과천의 고택, 다산초당 등을 방문하며 느꼈던 매순간의 감동을 술회할 때 노대가의 문화적 감수성과 깊이가 묵직하게 전해왔다. 그녀는 자신의 발표를 "어쩌면 대답의 일부는 과거의 현자에게서 찾는 것이다. 나머지는 각자의 선의에 달려 있다"는 말로 맺었다. 과거 한국의 현자 한 사람이 그녀의 눈길을 따라 현대 프랑스에서 귀환하는 중이로구나 하는 생각을 했다.

두 번째 발표자 에르베 페조디에 선생의 발표는 '판소리는 고전예술인가?'를 주제로 진행되었다. 그는 판소리는 박제된 고전이 아닌 현재진행형의 살아 있는 예술 장르라는 점을 직접 몸으로 보여주었다. 그는 부인 한유미 선생과 함께 지난 10여 년간 프랑스에서 판소리 공연을 지속해왔다. 그는 뛰어난 판소리 광대였다. 발표 말미에 이루어진 그의 프랑스어 판소리 공연은 특별한 흥취를 자아냈다. 흥부는 슬근슬근, 시르렁시르렁 박을 타고, 그 박 속에서 온갖 물건들이 프랑스풍으로 쏟아져나왔다. 필자가 학교 강의로 하루 늦게 오는 바람에 참석 못한 어젯밤 판소리 갈라 공연은 근 400명의 청중이 빼곡히 자리를 메운 대성황으로 장장 네 시간에 걸쳐 환호 속에 진행되었다는 이야기를 들었다. 판소리는 이곳 프랑스에서도 한국 문화를 알리는 아이콘으로 인기가 높다는 전언이었다.

세 번째 발표자인 헤수스 무나리즈 선생은 '한국과 한국의 고전문학—독자이자 편집장의 제안'을 발제했다. 그는 스페인어권에서 한국 문학을 번역·소개해온 히페리온출판사의 원로 편집장이다. 2006년에 스페인어로 출판된《구운몽》과 2011년의《사씨남정기》와《인현왕후전》, 또 한국 고전시가 모음인《한국의 옛 노래》 및 2015년에 출간된《연암 박지원 소설집》 등의 출판 과정과 스페인어권 독자들에게 이들 작품이 어떻게 받아들여지는지에 대해 이야기했다. 그의 발표 중 "한국 자동차는 스페인에서 뛰어난 품질 덕에 유명해졌는데, 불행히도 책은 자동차보다 매우 싼 가격임에도 불구하고 판매하기가 어렵다. 그러나 자동차는 고철 덩어리로 끝날 뿐이지만 우수한 책은 쓰인 그날처럼 오늘날에도 여전한 가치를 지닌다"는 말이 실감나게 다가왔다. 한국 고전문학에 대한 이해가 자신들의 정신적 지평을 넓히고, 과거의 가치에 대한 전망이 현재와 미래에 쌓아나갈 관계를 강화하는 데 도움을 줄 것이라는 언급도 인상 깊었다.

유서 깊은 소르본대학 교정에서의 오후 세미나는 마치기로 예정된 시간인 6시가 훨씬 지나, 정복 입은 수위가 고개를 몇 번 절레절레 흔들며 눈치를 준 뒤에야 끝이 났다. 진행을 맡은 프랑시스 피카르 교수의 품위 있는 사회도 매끄러웠다. 이후 이어진 뒤풀이 자리에서 우리는 포도주잔을 연신 마주치며 한국 고전과 현대 프랑스 독자와의 접속을 말하고 문화를 얘기하느라 밤이 깊어가는 줄도 몰랐다.

100년 만의 홍수로 센강이 범람 직전이어서 루브르와 오르세 미술관의 지하 수장고 유물을 모두 위로 옮기느라 법석을 떨었다는 뉴스가 있었다. 강 양편 보도가 다 잠긴 채 거세게 흘러가는 센강의 노도처럼, 한국 문화의 정신이 수교 130년을 맞은 프랑스 땅에 넘쳐흐르기를 기대해보았다.

연암과 다산

제2부

연암, 금기를 뛰어넘는 문체의 불온성

본질을 꿰뚫는 불온한 문체

우리나라 고전작가 중에서 단 한 사람의 문호를 꼽는다면 나는 조금의 망설임 없이 박지원朴趾源(1737~1805)을 들겠다. 그를 제외하고 달리 문호의 호칭을 얹을 만한 인물을 나는 알지 못한다. 그는 중국 역대 대가의 반열에 두어도 당당한 경쟁력을 지닌다. 현대에 내놓아도 조금도 기죽지 않는다. 그의 사유가 보여주는 힘은 읽는 이를 항상 압도한다. 한다하는 학자들도 그의 글 앞에서는 고개를 절레절레 내젓는다. 하지만 일반 독자들이 읽어도 너무 쉽고 재미있다. 따져 읽자면 한정 없이 어렵고, 가볍게 읽자면 너무나 경쾌하다.

박지원의 본관은 반남潘南, 자는 중미仲美, 호가 연암燕巖이다. 누대에 걸쳐 큰 학자와 인물을 배출한 노론 명문가 출신이다. 하지만 그는 진작에 과거를 포기하고 고단한 재야 지식인의 길을 선택했다. 어지러운 현실에서 진로에 대한 고민으로 젊은 시절에는 심각한 불면증에 시달리기도 했다. 뒤늦게 낮은 지위로 벼슬길에 올랐지만 면천군수와 양양부사를 지낸 것이 가장 높은 직책이었다.

그는 〈양반전〉, 〈호질〉, 〈허생전〉과 같은 경쾌한 풍자소설의 작가로 더 잘 알려져 있다. 고작 수행군관의 자격으로 중국 사신을 따라갔다가 지은 《열하일기熱河日記》는 조선 문단을 발칵 뒤집어놓았다. 그의 문집인 《연암집》은 최근에야 겨우 완역이 되어 일반 독자와 만날 수 있게 되었다. 중요한 줄 몰라서가 아니라, 번역이 어려웠기 때문이었다.

연암의 문체는 불온하다. 그는 누구나 당연한 것으로 믿던 가치를 거부했다. 그는 거꾸로 보고, 뒤집어 보고, 바꾸어 보았다. 듣고 나면 당연하고 생각해보면 지당한데, 그 이전에는 아무도 그런 말을 안 했다. 그래서 늘 시대의 금기를 건드렸다. 누구나 알면서도 입 다물고 싶어 하던 생각을 그는 서슴없이 말했다.

연암이 글을 한 편 발표할 때마다 당시의 젊은 문사들이 술렁거렸다. 그 생각의 진취성에 움찔했고, 발상의 참신함에 열광했다. 그들은 환호하며 연암을 뒤따랐다. 그 말투를 흉내 내고, 생각에 동조했다.

정조는 그의 문체가 지닌 불온성을 진작에 간파했다. 그래서 그가 빼든 카드가 '문체반정文體反正'이다. 문체를 바르게 되돌려 놓음으로써 지식인의 기강을 바로잡겠다는 것이었다. 과연 동서고금 어떤 임금이 문체를 카드로 내세워 사회 기강을 확립하겠다고 나선 경우가 있었던가? 이 듣도 보도 못한 사태의 중심에 연암이 있었다. 한 사람의 문체가 지닌 파괴력이 이토록 의미심장했던 예를 달리 찾기가 어렵다.

박지원은 홍대용을 비롯하여 이덕무·박제가·유득공·이서구 등과 함께 북학파로 일컬어지는, 한 시대의 영향력 있는 담론을 생산해냈다. 이른바 '연암 그룹'으로 불린 이들을 통해 조선의 학문과 문장은 이전에 경험해보지 못한 새로운 사고에 눈을 떴다. 그들이 일으킨 변화의 힘은 매우 강력했다. 그것은 다름 아닌 근대에 눈을 떠가는 과정이었다.

그는 철학자가 아니다. 하지만 그의 담론은 매우 철학적이다. 그의 문제제기는 언제나 본질적이고 핵심을 놓치지 않는다. 그의 질문은 재미있지만 예리하다. 농담 속에 날카로운 비수가 감추어져 있다.

돌아가 본분을 지킴이 어찌 문장뿐이겠소? 일체의 온갖 일들이 다 그렇지요. 화담 선생이 외출했다가, 집을 잃고 길에서 울고 있는 자를 만났더랍니다. "너는 왜 우느냐?" 그가 대답했지요. "제가 다섯 살에 눈이 멀어 지금껏 스무 해입니다. 아침에 집을 나와 길을 가는데, 갑자기 천지 만물이 맑고 분명하게 보이는 것입니다. 기뻐서 돌아가려고 했더니, 골목은 갈림길이 많고, 대문은 다 똑같아 제 집을 찾지 못하겠습니다. 그래서 웁니다." 선생이 말했지요. "내가 네게 돌아가는 법을 가르쳐주마. 도로 네 눈을 감아라. 그러면 네 집을 찾을 수 있을 게다." 이에 눈을 감고 지팡이를 두드려 제 걸음을 믿고서 바로 집을 찾아가더랍니다. 이것은 다른 것이 아닙니다. 빛깔과 형상이 뒤죽박죽이 되고, 기쁨과 슬픔이 작용이 되어 망상을 일으킨 것입니다. 지팡이를 두드려 걸음을 믿는 것, 이것이 바로 우리가 분수를 지키는 관건이 되고 집으로 돌아가는 보증이 됩니다.

_〈창애에게 보낸 답장 2〉

세상은 늘 혼란스럽다. 사람들은 언제나 내 편 네 편을 갈라 싸운다. 연암의 그때도 그랬다. 하지만 내 편은 늘 옳고 네 편은 늘 그른 것인가? 진리는 어디에 있는가? 진실은 어떻게 찾을 수 있는가? 연암이 그의 글 속에서 지속적으로 제기하고 있는 문제다.

먼저 위에 제시한 인용문에서부터 글의 실마리를 열어보자. 장님이 길을 가다가 갑자기 눈을 떴다. 눈을 뜬 것은 좋은데, 막상 눈을 뜬 순간 그는 제 집을 찾을 수 없는 진짜 장님이 되었다. 이제 그는 어쩔 줄 모르고 길에서 울고 섰다. 제 집을 찾아갈 수 없다면 그런 눈은 뜰 필요가 없다. 오히려 더 큰 장애가 될 뿐이다. 울고 있는 그에게 화담 선생은 '도로 눈을 감아라'라는 처방을 내린다. 눈을 뜬 사람더러 도로 눈을 감으라니, 이런 무책임한 말이 어디 있을까? 하지만 어쨌거나 그는 눈을 감고 지팡이를 더듬거리고서야 겨우 제 집을 다시 찾아갈 수가 있었다.

집을 찾아간 장님은 그 후 어떻게 되었을까? 길에서 울고 있을 때는 집을 찾는 것이 절박한 문제였지만, 일단 집에 들어가고 나면 아무 걱정이 없다. 한번 떠진 눈은 다시 감을 수가 없다. 그러니까 화담 선생이 도로 눈을 감으라고 한 것은 집을 찾아갈 때까지만 유효한 처방이다. 이후 그는 제 집 대문을 확인하고, 제 집 골목을 기억해 아무 문제 없이 세상을 활보하며 다닐 수 있게 되었을 것이다.

연암은 편지의 앞뒤로 본분을 지키는 문제를 거듭 말했다. 이 글의 주제가 여기에 있음을 강조한 것이다. 이야기만으로는 재미가 있는데, 막상 이해하자면 그리 단순하지가 않다. 본분을 지킨다는 것은 무엇을 말하는 것일까? 너는 장님이니까 장님 주제로 사는 것이 마땅하다는 이야기는 결코 아닐 것이다. 문제는 그가 집에서 눈을 뜨지 않고 길 가다 눈을 뜬 데 있다. 그래서 주체적 판단을 할 수 없게 되었다. 눈을 뜨는 것은 분명 기쁘고 좋은 일이지만, 주체를 잃고 나면 그 좋은 것도 새로운 비극의 시작일 뿐이라는 것이다. 차라리 눈을 뜨지 않은 것만 못하게 된다는 말이다.

연암의 글은 늘 이런 식이다. 재미있는 이야기를 들려주고 느닷없이 뒤통수를 치고 빠진다. 가볍게 시작했다가 의문은 꼬리를 물고 생각은 걷잡을 수가 없게 된다.

중간은 어디인가?

〈낭환집서蜋丸集序〉에는 임제林悌의 이야기가 나온다. 그는 선조 때 시로 이름 높았던 쾌남아다. 그가 남의 잔칫집에 갔다가 술에 취했다. 집에 돌아가려고 말을 타는데, 신발을 짝짝이로 신고 나왔다. 하인이 말했다. "나으리! 신발을 짝짝이로 신으셨습니다요." 임제가 대답했다. "야, 이놈아. 길 왼편에서 나를 본 자는 내가 나막신을 신었구나 할 테고, 오른편에서 본 자는 가죽신을 신었구나 할 테니 무슨 상관이냐? 어서 가자."

짝짝이 신발을 신고 걸어간다면 남의 웃음거리가 되겠지만, 말안장 위에 올라앉으면 아무 문제가 안 된다. 왜 그런가? 보는 사람이 말에 가려 한쪽 발밖에 못 보기 때문이다. 사람들은 자기가 본 한쪽을 가지고 다른 쪽도 으레 그러려니 한다. 신발처럼 알아보기 쉬운 것이 없는데, 말 위에 올라앉으면 그 쉬운 것조차 알아차릴 수가 없다.

지금 세상에도 이런 일은 얼마나 많은가? 틀림없이 그럴 것으로 여겼는데, 알고 보니 전혀 그렇지 않은 일들이 너무도 많다. 겉 다르고 속 다른 것은 우리가 매일 겪는 일이다. 예상과 정반대로 되어 당황하기도 한다. 우리는 어떻게 해야 제대로 볼 수 있을까? 어떻게 해야 현상에 현혹되지 않을 수 있을까?

연암은 '중간'과 '사이'를 보아야 한다고 말한다. 이것과 저것의 사이, 여기와 저기의 중간에 해답이 있다. 말 탄 사람의 짝짝이 신발은 양옆에서는 분간해낼 길이 없다. 정면에서 보면 금방 알 수 있다. 왼쪽과 오른쪽의 중간에서 보면 훤히 보인다. 그렇다면 그 중간은 어디인가?

〈공작관문고자서孔雀館文稿自序〉에도 이런 이야기가 나온다. 어떤 아이가 귀에 물이 들어가 이명耳鳴이 생겼다. 귓속에서 이상한 피리 소리가 들린다. 신기해서 옆의 동무에게 들어보라고 한다. 하지만 제 동무의 귀에는 그 소리가 들릴 리 없다. 아이는 답답해서 이 또렷한 소리를 왜 못 듣느냐고 안타까워했다. 또 어떤 사람이 웬 사람과 여관방에서 잠을 자게 되었다. 코를 어찌나 고는지 잠을 잘 수가 없었다. 흔들어 깨웠더니 그는 일어나 내가 언제 코를 골았느냐며 발칵 성을 냈다.

귀울림과 코골이 이야기를 나란히 보인 뒤 연암은 곧장 찔러 말한다. 귀울림은 나는 듣는데 남은 못 듣는다. 코골이는 남은 듣는데 나는 못 듣는다. 둘 다 문제다. 제일 좋은 것은 제 귀울림에 현혹되지 않고, 제 코고는 소리를 인정하는 것이다. 그런 위치, 그런 지점은 어디인가? 귀울림과 코골이의 중간은 어디에 있는가? 문제는 그 중간의 지점과 사이의 위치를 알기가 쉽지 않다는 데 있다.

연암은 유명한 황희 정승 일화를 패러디해서 이가 살에서 생기는가 옷에서 생기는가 하는 질문을 던진 뒤 역시 '중간'의 문제를 제기했다. 또 밤길에 비단옷 입고 가는 것과 장님이 비단옷 입고 가는 것의 비교로도 같은 질문을 반복해서 던졌다.

요컨대 그는 그의 시대가 요구했던 편 가르기에 결코 동의할 수가 없었다. 세상은 나막신과 가죽신으로 갈라 싸운다. 귀울림과 코골이로 서로 우긴다. 하지만 그 어느 쪽도 진실은 아니다. 세상의 문제는 언제나 이렇게 단순치가 않다. 그럴 바에야 계속 우김질만 할 것이 아니라 양쪽의 문제가 한눈에 들여다보이는 지점을 찾는 것이 더 빠르지 않겠는가?

장님이 눈만 뜬다고 문제가 다 해결되는 것이 아니다. 제 집을 놓치면, 주체를 잃으면 눈을 아무리 떠봤자 소용이 없다. 연암이 보기에 지팡이를 짚은 장님은 오히려 제 집을 찾아가고, 눈을 뜬 사람은 길 잃고 서서 우는 것이 당시 조선의 현실이었다.

나는 미치고 싶다

연암은 〈염재기念齋記〉라는 글에서 송욱宋旭이란 인물의 실화를 적고 있다. 아침에 잠자리에서 일어난 그는 방 안의 물건은 다 그대로 있는데 막상 자기 자신이 사라졌다는 것을 깨닫는다. 그래서 그는 옷도 안 입고 벌거벗은 채 사라진 자신을 찾아 온 거리를 헤맨다. 현실의 중압감에 시달린 나머지 마침내 자아를 잃어버린 사람의 이야기다. 이후 그는 과거시험장에 들어가 답안지를 작성한 후 아예 제가 채점까지 척척 해버리는 기행을 저지른다. 한마디로 그는 미쳐버렸던 것이다.

이런 미친 사람의 실화를 연암은 왜 굳이 적었을까? 제도로 인간의 실존을 억압하고, 편을 갈라 싸우기 바쁜 세상에 대해 그는 할 말이 아주 많았다. 정신의 자유로움을 담아내야 할 글에서조차 법도를 따지고 규칙으로 가둔다. 과거시험은 이미 쓸모없는 형식으로 전락한 지 오래였다. 사람들은 진실을 외면하고, 가슴속에 하고 싶은 말을 묻어두고 산다. 그저 남들 따라 하고 흉내를 낼 뿐, 어디에도 나는 없다. 예전 중국 사람들이 하던 것만 흉내 내고, 지금 여기에서 살아 숨 쉬는 '나'는 억압하고 가두기에 바쁘다. 송욱은 이런 현실을 견디다 못해 마침내 미쳐버렸다. 연암은 그의 이야기를 통해 '나도 이 숨 막히는 현실 앞에 미쳐버리고 싶다'고 외치고 있는 셈이다.

《열하일기》에서 요동벌을 처음 나서서 지평선으로 사라지는 광막한 들판과 만나, 연암은 한바탕 시원스럽게 통곡할 만한 곳을 만났다고 기뻐했다. 배 속에 열 달을 답답하게 갇혀 있던 태아가 어머니 배 속을 빠져나와 팔다리를 거침없이 쭉 뻗어도 아무 걸림이 없는 것을 느낄 때의 통쾌함이 첫 울음소리로 터져나오는 것이라고 말했다. 어머니의 태 속처럼 갑갑하던 조선의 굴레를 벗어나 문명의 중국을 향하는 설렘을 이렇게 표현했던 것이다. 그만큼 당시 조선의 공기는 그에게 답답했다.

《연암집》의 수많은 글을 통해 그는 자신을 옥죄고 있던 시대의 질곡에 과감하게 도전했다. 우리는 왜 '지금 여기'를 살면서 '그때 저기'의 망령에서 벗어나지 못하는가? 시대를 뛰어넘는 고전이 될 수 있으려면, 옛것을 그대로 흉내만 내서는 절대로 안 된다. 오히려 지금 눈앞의 현실, 가슴속의 진실을 글에 담을 때 훗날에는 그것이 고전이 된다. 어찌 보면 단순하고 분명한 진리지만, 당시로서는 꺼내기가 쉽지 않은 말이었다.

색깔 속에는 빛깔이 있다. 형形 속에는 태態가 있다. 색깔은 누구나 보지만 빛깔은 보는 사람만 본다. 외형은 다 알지만 그 속에 깃든 태깔은 아무나 볼 수가 없다. 겉껍데기만 비슷한 것은 진짜가 아니다. 외형外形에 속지 말고 내태內態를 보아야 한다. 색깔에 현혹되지 말고 빛깔을 읽어야 한다. 진정한 의미는 겉모습에 있지 않고 그 속에 감춰진 빛깔과 태깔에 있다. 겉만 보아서는 알 수가 없다. 연암이 〈능양집서菱陽集序〉에서 한 말이다.

기호의 의미를 제대로 읽어내려면 동심, 즉 어린이의 순수한 마음으로 돌아가야 한다고 연암은 말한다. 인습에 찌든 몽롱한 시선으로는 사물의 의미를 간파할 수가 없다. 글을 쓰는 까닭은 진실을 찾기 위해서다. 연암은 진실이 있을 뿐 변치 않을 진리는 어디에도 없다고 말한다. 세상이 변하면 의미도 변하고 가치도 바뀐다. 만고불변의 진리란 없다. 그런데 사람들은 도道를 추구한다는 명분 아래 진眞, 즉 참됨을 억압한다. 고古를 따른다면서 금今, 곧 지금을 외면한다. 저쪽만 쳐다보며 이쪽은 거들떠보지 않는다. 그의 문학정신은 한마디로 말하면 '지금 여기'의 진실을 추구하자는 것이다.

'지금 여기'를 위하여

연암의 글은 오늘날 읽어도 여전히 펄펄 살아 있다. 200년도 더 된 옛글이란 생각이 전혀 안 든다. 지금 코앞의 현실에다 대고 날리는 직격탄처럼 읽힌다. 그때 젊은이들이 그랬듯이 읽는 사람을 격동케 하고, 눈과 귀가 번쩍 뜨이게 한다.

그의 글은 좀체 함락시키기 어려운 성채 같다. 그는 치고 빠지는 데 명수다. 묵직하니 걸렸다 싶은데 건져올리고 나면 바람처럼 그물을 빠져나간다. 무엇보다 그의 글은 재미있고 경쾌하다. 재미있기는 한데 무슨 말인지 잘 알 수가 없다. 다 읽고 나면 다시 오리무중이다. 연암 문장의 묘미는 바로 이 지점에 있다. 그가 똑 부러지게 말하지 않고 빙빙 돌려 말한 것은 시대와 맞서기 위한 일종의 전략이었다.

그는 빗대어 말하기의 명수다. 길 가다 눈 뜬 장님의 이야기는 서구 이론에 붙들려 정작 자신의 주체를 돌아볼 겨를이 없던 우리의 정신을 번쩍 들게 한다. 귀울림과 코골이에 현혹되고, 짝짝이 신발을 신어도 알아보지 못하는 사람들의 이야기. 그의 이야기는 얼마나 참신하고, 예리하고 또 통렬한가! 그는 돌려서 말하고 비유로 말하지만, 비겁하게 수사의 그늘에 숨어 문제의 본질을 호도하거나 회피하지 않는다.

글자는 병사요, 제목은 적국이며, 주제는 장수와 같다. 병법과의 유사성을 통해 글쓰기의 핵심을 찌르는 그 놀라운 통찰력하며, 나뭇단을 지고서 '소금 사려!' 하는 식의 글을 쓰지 말라는 매서운 질책은 한문 문장에만 국한되는 이야기가 아니다. 표정을 꾸미고 옷깃을 편 채 화가 앞에 앉아 실물과 다른 우스꽝스러운 초상화를 그리기보다는 있는 그대로의 모습을 그려야 하는 것처럼, 진실이 담긴 글을 써야 한다고 역설했다. 단언컨대 그의 몇 편 글만 제대로 읽으면 오늘날 논술교육이 다 쓸데없게 된다.

〈열녀함양박씨전〉에서는 열녀가 되기 위해 남편을 따라 죽기를 강요하는 세상을 비판했다. 〈방경각외전〉에 실린 인물들의 전기에는 시대의 위선을 폭로하는 신랄한 풍자가 담겨 있다. 똥거름을 져서 나르는 예덕 선생, 오늘날로 치면 도서 영업사원 조신선, 저잣거리의 거지인 광문 등이 모두 그의 글 속에서 생생하게 되살아난다.

그는 무겁지도 않고, 더더구나 가볍지도 않다. 그는 '지금 여기'를 살면서 '그때 거기'나 '지금 저기'만 기웃대는 현실을 무척이나 답답해했다. 우리가 우리 것을 할 때 비로소 우리가 될 수 있다고 외쳤다. 고전이 되려면 옛것을 흉내 내지 말고 자기 목소리를 가져야 한다고 했다. 우리는 조선 사람이므로 조선풍을 추구해야 한다고 했다. 때로 그의 외침은 절규로 들린다. 그가 느꼈던 답답함은 지금이라고 다를 것이 없다. 그의 글 속에는 움베르토 에코도 있고 루쉰도 있다. 그의 글이 시대를 뛰어넘어 오늘날까지 유효한 까닭이다.

세계 최고의 여행기 《열하일기》

10여 년 전 임기중 교수가 펴낸 《연행록전집》이 영인본 100책으로 간행되어 나오자 동아시아 학자들이 모두 입을 떡 벌렸다. 몇 해 뒤 추가로 50책이 더 나왔다. 500종이 훨씬 넘는 조선인의 중국 여행기가 망라되어 있다. 중국 사람들은 이미 예전에 잊어버린 기억이 그 기록의 창고 속에서 먼지를 뒤집어쓴 채 있다가 비로소 기지개를 켜고 세상에 나왔다.

이들 기록 속에는 사신 행차가 한양을 떠나 요동벌을 걸어서 북경까지 갔다가 그곳에서 듣고 본 것, 만난 사람들의 이야기가 꼼꼼하게 적혀 있다. 길가 가게의 실내 장식부터 벽에 걸린 글씨,

북경 유리창琉璃廠 서점 주인의 이름과 나이, 출신 지역은 물론 상점을 운영하게 된 내력까지 없는 게 없다. 당시 북경에서 공연된 마술쇼와 동물쇼, 서커스, 연극공연 등 온갖 공연의 상세한 레퍼토리도 다 들어 있다. 쇼핑 품목과 판매 가격까지 나온다. 이것만 가지고도 17세기에서 19세기에 이르는 북경의 문화지도가 생생하게 복원된다. 그러니 그들이 흥분할 수밖에.

이 많은 여행기 속에서 고고하게 이채를 발하는 책은 단연《열하일기》다. 단 한 권을 골라 꼽아야 한다면 누구든 이 책을 집어 들게 되어 있다. 정보의 질뿐 아니라 역사의 행간을 읽어내는 맵짠 눈매며, 난마로 얽힌 당시의 국제정세도 손금 보듯 꿰고 있다. 다른 사람은 북경까지 갔다가 돌아왔는데, 자기만은 북경 위쪽 승덕의 열하까지 다녀왔다는 자랑을 책 이름 속에 담았다. 이 책에 세계 최고의 여행기란 헌사를 붙이는 것은 조금도 지나치지 않다.

발표 당시부터 책의 인기는 대단했다. 한 챕터씩 써서 발표할 때마다 손꼽아 다음 편을 기다리던 독자로부터 아우성이 빗발쳤다. 서로서로 베껴 옮기느라 한양의 종이 값이 오를 지경이었다. 우리나라 고전으로 중국, 타이완, 일본 등지에서 자기들 필요에 의해 간행된 책은《열하일기》가 유일하다.

병자호란의 치욕 이후 청나라는 조선에게 이러지도 저럴 수도 없는 존재였다. 겉으로 복종하는 체했어도 속마음은 달랐다. 여진족을 업신여기듯 우습게 아는 마음이 있었다. 말 못할 수모는 적개심으로 눌렀다. 이런 모순된 심리가 쌓여 북벌의 이데올로기를 만들어냈다. 언젠가 옛 치욕을 반드시 갚는다, 그때까지 두고 보자.

그런데 달랐다. 어려서부터 이런 생각과 교육에 길들여진 조선의 젊은이들이 막상 눈으로 직접 맞닥뜨린 청나라는 상상 이상이었다. 임금은 성군이었고, 국가의 시스템은 합리적이고 효율적이었다. 백성들의 삶은 뜻밖에 풍족했다. 야만족의 지배 아래 놓여 있음을 뼈아파해야 마땅할 한족들은 전혀 그런 기미가 없었다. 청나라는 결코 조선이 독한 마음을 품는다고 어찌해볼 수 있는 상대가 아니었다. 그것은 아프고 뼈저린 자각이었다. '무찌르자, 오랑캐'를 외치던 북벌北伐은 어느 순간 슬며시 북학北學의 메아리로 울려퍼졌다. 임금을 비롯한 위정자들에게는 참으로 우려할 만한 상황이 아닐 수 없었다.

박지원 이전에도 수많은 사람이 다녀왔고, 그 후로도 더 많은 사람이 북경을 다녀왔다. 하지만 그들은 볼 것은 안 보고 못 볼 것만 보고 왔다. 보고 놀란 것은 감춰 숨기고, 낡아 빛바랜 것만 새삼 들췄다. 의도적으로 상대를 폄하하고 그 틈에서 알량한 자존을 내세웠다. 그들이 내세울 만한 긍지란 고작 복장과 머리 스타일 같은 것뿐이었다.

박지원은 단 한 번의 북경 여행으로 중국의 본질을 한눈에 간파했다. 지금도 골치 아픈 티베트불교 문제는 연암의 눈에도 그대로 들어왔다. 중국 당국자들의 합리를 가장한 폭력성도 여전하다. 조선과 청나라의 관계는 박지원이 중국을 갔던 1780년이나, 그로부터 230여 년이 지난 지금이나 하나도 달라진 것이 없다.《열하일기》는 이만큼 무서운 텍스트다.

《열하일기》를 읽는 재미는 오늘과 겹쳐 읽는 데서 깊어진다. 박지원의 형형한 눈빛 속에서 의뭉스러운 그들의 꿍꿍이속, 감추고 싶은 속내, 그럼에도 배우고 본받지 않을 수 없는 합리성, 이런 것들이 뒤섞여 여기저기서 튀어나온다. 저들을 보고 나니 우리가 더 잘 보인다. 저들의 문제점에서 우리의 내일을 본다. 우리의 잘못된 점을 알게 되자 갈 길이 분명해진다.

〈호질〉과 〈허생전〉 같은 박지원의 대표작들은 행간이 아주 깊다. 쉽게 이해할 수 있는 작품들이 아니다. 그런데 이 작품들이 《열하일기》에 인용 형식으로 실려 있는 것은 모르는 사람이 참 많다.

어쩌다 베이징을 가게 되면 나는 늘 연암이 날마다 서성거리던 유리창 거리의 뒷골목을 맴돈다. '양매죽사가楊梅竹斜街'란 표지판에 화들짝 놀라고, 이 어디쯤에 반정균의 하숙집이 있었겠다 싶어 마음이 설렌다. 절세의 명문 〈야출고북구기夜出古北口記〉의 현장인 구베이커우古北口 장성 성벽은 베이징에 갈 때마다 일부러 찾아가서 230여 년 전에 연암이 깊은 밤 술을 부어 먹을 갈아 썼다던 그 낙서를 찾을까 싶어 허물어진 성벽 주변을 서성거리곤 한다. 여러 해 전 베이징 답사 때도 〈일야구도하기一夜九渡河記〉의 현장인 구도하진九渡河鎭을 물어물어 찾아가느라 아주 애를 먹었다. 《열하일기》에 나오는 지명과 만나기라도 하면 옛 친구를 본 것마냥 왈칵 기쁘다.

고전은 시간의 손길을 타지 않는다. 《열하일기》 속의 스토리는 현재진행형이다. 어떤 삶이 바른가? 어느 길로 가야 하나? 세상은 무엇으로 돌아가는가? 바른 판단은 가능한가? 정의는 과연 정의로운가? 도처에서 그가 불쑥불쑥 던지는 질문은 여전히 생생하고, 현장은 그에 맞춰 시간의 흐름마저 딱 멈춘 듯하다. 내 생각에 그는 아직도 베이징의 어느 뒷골목을 호기심 어린 눈으로 어슬렁거릴 것만 같다. 나는 다음번에 그곳에 가더라도 다른 것은 하나도 눈에 들어오지 않고, 오로지 박지원의 자취만 반가울 것이다. 도대체 그깟 《열하일기》가 뭐기에 싫증도 나지 않고 그 주변만 맴돌게 하는가? 누가 내게 이렇게 묻는다면 나는 딴소리 말고 《열하일기》를 한번 찬찬히 읽어보라고 말하겠다.

《열하일기》의 인문정신

45세의 구경꾼

1780년 연암 박지원은 삼종형 박명원의 사신 길에 반당伴黨으로 유람을 위해 그 힘든 길을 따라나섰다. 아무 맡은 역할 없이 그저 구경꾼으로 따라나선 길이었다. 이때 그는 45세였다. 좀 더 젊었더라면 해외연수의 좋은 기회였다고나 하겠는데, 그렇게 보기에는 나이가 너무 많았다. 그 고생스러운 길을 그는 왜 굳이 따라나섰을까? 그의 연행燕行은 친구 홍대용보다 15년이 늦었다. 자신보다 훨씬 어린 박제가나 이덕무도 이미 다녀온 터였다.

압록강을 건넌 것이 1780년 6월 24일이었다. 7월 한 달을 요동벌의 뙤약볕과 소나기 아래 다 보내고 8월 1일에야 북경에 도착했다. 45세의 장년이 일없이 따라나설 만큼 한가로운 여행이 아니었다. 수백 명의 인원이 열을 지어 가면 앞의 먼지를 뒤에서 뒤집어썼다. 매일 목욕을 할 수 있나, 빨래를 세탁기에 넣고 돌릴 수가 있나? 모르긴 해도 북경에 도달할 즈음해서 일행은 거의 거지떼의 몰골이었을 것이다.

게다가 이들은 북경에서 겨우 숨을 돌릴 만하자 황명으로 열하의 피서 산장까지 다시 걸음을 서둘러야 했다. 자칫 열하에서 바로 조선으로 귀로를 잡게 된다면, 꿈에 그렸던 천하 문명의 중심인 북경 구경은 애시당초 물 건너갈 판이었다. 이 돌발 상황 앞에서 연암은 전전긍긍했다. 긴 여독이 채 풀리지도 않은 상태에서, 그들은 밤을 새워 길을 걷고, 거센 강물을 하룻밤에 몇 차례씩 건너는 강행군을 거듭했다. 8월 5일 북경을 출발해서 열하에 닿은 것이 8월 9일, 그곳에서 구경하며 머물다가 다시 8월 15일에 출발해서 20일에 북경으로 겨우 돌아왔다.

그런데 예정에 없던 열하 기행이 그에게 말할 수 없는 생기를 주었다. 그전까지 조선 사신 누구도 구경해보지 못한 열하가 그의 섬세한 시선에 포획된 것이다. 그도 그것을 뽐내, 자신의 여행기 제목을 '열하일기'라고 붙였다.

도발적 문제제기

일기는 사뭇 도발적으로 시작된다. 책장을 펴면, 명나라가 망한 지 130여 년이 지났는데도 연대를 명나라 마지막 황제의 연호인 '숭정' 기원 후 몇 년으로 표시하는 이상한 나라 조선의 관행에 대한 설명과 만난다. 130여 년 전에 망한 명나라는 적어도 조선의 연기年紀 속에서는 여전히 살아 숨 쉬고 있었던 것이다.

무슨 말이 하고 싶어서 연암은 강을 건너 중국으로 넘어가는 〈도강록〉의 첫머리부터 이 이해 못할 연대 표기 방식을 들고나왔을까? 여기에는 그럴 만한 사연이 있다. 그는 《열하일기》〈관내정사〉의 끝을 "이 글을 쓴 사람은 누구인가? 조선의 박지원이다. 쓴 때는 언제인가? 건륭 45년 8월 초하루다"로 맺었다. 중국에 갔으니 중국의 지금 연호로 써야 시휘時諱에도 걸리지 않고 현실감이 되살아나겠기에 그렇게 썼다. 그러자 이를 본 조선의 사대부들이 벌떼처럼 일어나 조선의 선비가 명나라에 대한 갸륵한 의리를 잊고, 오랑캐인 청의 연호를 대놓고 썼다며 야단을 쳤다. 오랑캐의 연호를 쓴 원고를 불질러버리라고 난리가 났다. 그러니까 〈도강록〉의 서문에서 숭정 연호의 사용 문제를 불쑥 거론한 것은 세상 돌아가는 것도 모르는 우물 안 개구리들에게 연암이 보낸 일갈이었던 셈이다.

《열하일기》는 재미있다. 개구쟁이 도련님 같은 연암의 해학과 풍자가 도처에서 반짝인다. 동에 번쩍 서에 번쩍 출몰하는 그의 글쓰기는 역사의 행간을 미끄러지면서 여기저기 덫을 놓고 상징을 묻어두었다. 하고 싶은 말은 대놓고 하는 법이 없이, 돌려 말하고 비꼬아 말하고 숨겨 말했다. 너무 재미있지만 몹시 어렵다. 이야기꾼의 농탕한 글쓰기는 읽는 이를 매료시키는데, 막상 행간은 5리 안갯속으로 가늠이 쉽지 않다. 그는 말하자면 고도의 전략적 글쓰기를 진행했다. 그것은 '다 말하되, 한 마디도 하지 않는다'로 압축된다. 할 말을 다 했지만, 드러내놓고 말한 것은 하나도 없다. 책잡힐 구석은 달아날 장치를 다 마련해놓았다. 그는 끊임없이 말꼬리를 자르고, 결정적인 순간에 입을 다물어버린다. 그러고는 다시 너스레를 떨며 딴청을 한다. 딴청에 낄낄대다 보면 그는 어느새 정색을 하고 날 선 비수를 들이댄다. 정신이 번쩍 들어 자세를 바로잡자 또 딴청으로 넘어간다. 어느 장단에 춤을 춰야 할지 모를 지경이다.

《열하일기》가 세계 최고의 여행기라는 찬사와 함께 지금껏 사랑을 받는 까닭도 이 언저리에서 찾아진다. 그저 읽어도 동영상보다 더 생생하게 돌아가는 화면이 눈에 선하다. 심각하게 읽으면 당대의 국제정세를 보는 안목, 인문학이 처한 현실, 이념과 현실의 괴리, 지식인의 역할과 놓인 자리까지 지금 우리가 당면한 무거운 질문과 그대로 맞통한다. 지금 읽어도 이러하니, 당시에는 얼마나 열광적인 반응이 있었겠는가? 아예 한 편 한 편이 나오기를 손꼽아 기다리다가, 한 편이 발표되었다 하면 앞다퉈 베꼈을 만큼《열하일기》의 인기는 대단했다.

그는 도처에서 청의 앞선 문물을 배워와 삶의 질을 높여야 한다는 이용후생利用厚生의 주장을 반복했다. 촌놈이 서울 구경 와서 보는 것마다 감탄하는 모양으로 벽돌집에 놀라고, 도로에 놀라고, 심지어는 말똥을 거름으로 쓰는 것에까지 감동했다. 별 시시콜콜한 것까지 다 그의 눈을 사로잡았다. 너무 오버한다는 생각마저 든다. 하지만 이 이용후생의 코드만으로《열하일기》를 규정한다면 뭔가 허전하다. 그것은 그것대로 중요하지만 전부는 아니다. 연암의 글쓰기는 끊임없이 치고 빠지는 방식으로 이어진다. 목청을 내세워서 배우자고 주장한 이용후생의 강조는 오히려 자신의 핵심 주장에서 의도적으로 시선을 돌려놓기 위한 물타기 같은 느낌마저 든다.

그렇다면 연암이《열하일기》에서 정말 하고 싶었던 이야기는 뭘까? 오랑캐 연호를 쓴 불온한 글이라는 비방을 입어가면서까지 말하지 않을 수 없었던 핵심은 무언가? 문체의 불온성은 문체 그 자체가 아니라 그것이 담지하고 있는 사유의 불온성과 관련이 있다. 문체는 그 불온성을 발화의 영역으로 끌어내기 위한 전략일 뿐이다.

연암은 왜 불온한가?

볼 것을 못 보면 못 볼 것을 본다. 연암의 불온성은 볼 것과 못

볼 것의 전도된 배치에서 비롯된다. 소중화小中華 의식에 찌들어 대명 의리를 훈장처럼 붙들고 있던 조선 지식인들이 '볼 것'이라고 생각한 과거 중화의 문물들이 연암에게는 '못 볼 것'이 된다. 저들이 '못 볼 것'이라고 여기는 청의 발달한 문물과 제도 위에 그는 집요하게 눈길을 준다. 보는 것이 다른 것은 생각이 달라서다. 생각이 다르니 보는 눈도 달라진다.

그는 일기에서 자꾸 '못 볼 것'만 들춰내고 '볼 것'을 무시하는 발언을 해댔다. 속이 후련하다고 환호한 열혈독자도 있었고, 저걸 가만두면 큰 문제가 될 테니 미연에 싹을 뽑아버려야 한다고 생각한 축들도 있었다. 결국 후자의 힘이 더 세서 지금 읽어도 너무너무 재미있는 《열하일기》는 일제강점기까지 금서의 그늘에 묻혀 있어야 했다.

그런데 그가 애써 들여다본 그 지점은 지금도 여전히 외면당한다. 그가 외치는 절규는 소음 속에 파묻히고 넉살 좋은 해학과 풍자만이 그의 본질인 양 회자된다. 정말 그런가? 우리가 오늘에 《열하일기》에서 정작 읽어야 할 것은 웃음 속에 언뜻언뜻 숨긴 비수 같은 슬픔이다. 그가 전략적으로 은폐해둔 너스레와 딴청을 좀 더 깊이 들여다볼 필요가 있다.

턱도 없는 낙관론, 근거 없는 자신감이 일을 그르치는 것은 그때나 지금이나 같다. 저기나 여기나 다를 바 없다. 이미 분명하게 말해주었는데도 못 알아듣는다면 글쓴이의 문제가 아니라 읽는 이가 문제다. 그런 의미에서 《열하일기》는 아직도 제대로 읽힌

텍스트가 아니다. 더 꼼꼼히 읽고, 찬찬히 살펴야 할 처녀지다.

현실은 이렇다. 명나라는 이미 130년 전에 망했다. 명나라는 조선을 도와주려다가 망했다. 그러니 우리는 명에 대해 갚지 않으면 안 될 부채가 있다. 그것은 청을 깨부숴 명나라를 다시 회복하는 데서 궁극적으로 성취된다. 북벌은 이 당위가 만들어낸 이데올로기다. 우리는 현재 유일하게 중화의 가치를 붙들고 있는 소중화다. 얼마나 당당하고 멋진가. 어린아이부터 어른까지 북벌의 당위를 의심하는 사람은 없다. 북벌은 국시國是요, 신성불가침의 국가보안법이었다.

그런데 막상 쳐부숴야 할 오랑캐의 나라에 가보니 그게 아니더라는 얘기다. 북벌은 우리 깜냥에 턱도 없는 얘기더라는 것이다. 북벌의 기개가 비록 장해도, 직접 가서 보니 도대체 될 법한 소리가 아니더라는 말씀이다. 그렇다면 어찌할까? 북벌의 이데올로기를 내던지자고 하면 반동으로 몰려 매장당하겠고, 북벌의 대열에 합류하자니 한 차례의 여행으로 너무 많은 것을 알아버렸다. 이러지도 저러지도 못하는 엉거주춤 속에서 결국 연암은 머리를 감추고 꼬리를 자르는 오리무중의 전략을 구사할 수밖에 없었던 셈이다.

본론을 감추는 글쓰기는 치사한 것이 아니라, 어쩔 수 없는 선택이다. 이 점을 잘 이해하고 나면, 《열하일기》의 글쓰기가 얼마나 스릴 넘치는 줄타기인 줄을 알게 된다. 그다음부터 독서는 탐정놀이가 되고, 꾀 겨루기가 된다. 이 긴장을 당대의 독자들도 충분히 즐겼기 때문에《열하일기》를 두고 그 소동이 벌어졌다.

공연히 일기를 쓰다가 말고, 〈허생전〉이나 〈호질〉 같은 장황한 서사가 끼어든다. 날씨가 어떻고, 어디부터 어디까지가 몇 리라고 쓰는 중간에 정색을 하고 묵직한 논설문을 배치한다. 아니면 〈관내정사〉에서 꽤나 심각한 분석을 하다 말고, "장복이를 돌아보니 귀밑털 아래 돋은 사마귀가 요즘은 좀 더 커졌다"고 너스레를 떨어 초점을 흔들어놓는 대목 같은 것을 보면, 이 노인의 글재간에 미상불 감탄하지 않을 도리가 없다.

콘텍스트 없이 텍스트만 가지고 〈허생전〉을 읽고 〈호질〉을 보면, 번번이 발목이 걸려 넘어지고 만다. 소설 연구자들이 수십 편씩 논문을 써대도, 두 작품은 저만치 떨어져서 '그건 아닌데' 하는 표정을 짓고 있다. 연암의 글쓰기 전략에 지금의 독자까지 농락을 당하는 형국이다. 고등학교 교과서에 단골로 실리는 〈일야구도하기〉 같은 글은 단순한 견문기를 넘어 인식론의 본질을 깊숙이 건드린다. 코끼리를 처음 본 충격을 글로 쓴 〈상기象記〉는 움베르토 에코가 울고 갈 만큼 기호학의 본질을 묘파했다. 요동벌을 보고 한바탕 울 만한 곳이라고 넉살을 떠는 장면, 똥거름이야말로 중국에 와서 본 가장 큰 장관이라고 장담하는 대목은 그것대로 소국에서 좁은 식견에 답답해하던 자아가 마침내 각질을 걷고 큰 세계와 호흡하는 자유를 웅변으로 보여준다.《열하일기》의 스펙트럼은 이렇듯 넓고 깊다.

허생이 그립다

당시 조선에서 자신을 옥죄던 질곡에 답답해하던 연암이나, 실용의 만능 속에 인문이 말살되고 인문정신이 발 디딜 곳 없게 된 오늘의 우리나 어쩌면 처지가 똑같다. 중국 체험을 통해 막혔던 숨통을 틔우고 나갈 방향을 찾고자 했던 연암으로 하여금 답답증과 조급증을 느끼게 만들었던 현실은 지금도 이름만 조금 바꾼 채 우리 앞을 막아선다. 도대체 인간은 발전할 줄 모르는 존재다. 변화를, 당위를 외치면서도 변화를 거부한다. 실용의 잣대 아래 저질러지는 만행들은 오늘도 인문학을 질식시킨다. 그저 내버려두기만 해도 좋겠는데, 따라오지 않는다고 윽박지르고, 바꾸지 않는다고 파렴치범으로 몰아세운다. 멋지고 폼나게 북벌하자는데 왜 말을 안 듣느냐고 닦아세운다. 왜 쓸데없이 유언비어를 유포해서 적전분열을 조장하느냐고 경고를 보낸다.

허생은 마누라 바가지를 못 견뎌 7년 독서를 중도에 작파했다. 그 7년 독서만으로도 몇 년 만에 100만 냥을 번 거부가 되었다. 그러고는 그 돈의 대부분을 쓸데없다며 바닷속에 쓸어넣었다. 막상 부자로 살자면 살 수도 있었지만, 그는 끝내 딸깍발이 독서인으로 돌아가 종적을 감추고 말았다. 말로만 하는 북벌은 굳이 '이완 대장'이 아니라도 누구나 할 수가 있다. 막상 북벌을 실행에 옮기기 위해 제시한 허생의 세 가지 대안에 이완은 싸늘히 고개를 저었다. 허생이 분노해서 그를 칼로 찌르려다, 끝내 절망하고 종적을 감춘 까닭이 여기에 있다.

지금도 인사고과를 들먹이고 실용을 내세우며, 연구비를 앞세워 이거 줄 테니 말 잘 들으라고 북벌을 외치는 '이완 대장'은 도처에 있다. 구체적으로 어찌하겠다는 실행계획은 그에게 없다. 그들은 북벌을 위한 정보 수집을 위해 왕자들의 머리를 '황비홍'처럼 깎게 할 용의도 없고, 중국과 통상을 허용해서 양국의 물자가 소통되도록 할 의향도 없다. 하라는 대로 말 잘 듣게 하고, 문제가 생기면 제 탓이 아니라 세상 탓으로 돌리면 된다. 거기에 지식인들은 부화뇌동해 줄서서 오랑캐 연호를 쓰다니 저놈이 제정신이 있는 놈이냐고 함께 삿대질을 해대며, 줄에서 이탈한 사람을 왕따시킨다.

《열하일기》가 지금껏 힘 있는 텍스트인 것은 연암의 그때나 우리의 지금이나 형편이 별반 달라지지 않았다는 뜻이다. 그의 예리한 분석은 눈앞의 현실에서도 여전히 위력적이다. 이것은 체념할 일인가, 아니면 절망해야 할 일인가?

사람은 돈만으로 사는 동물이 아니다. 갈매기 조나단은 비행 연습을 하면서 동료 갈매기들에게 욕만 먹었다. 하지만 그 갈매기들이 썩은 음식찌꺼기에 여전히 만족하고 있을 때, 그는 날기 연습의 생각지 않은 부산물로 바닷속 깊은 곳의 싱싱한 물고기를 마음껏 먹을 수 있었다. 인문학에 대한 폭력적 구조는 시대를 떠나 반복 답습된다. 사람들은 눈앞의 생존을 늘 위기로 가정하고 확대 재생산한다. 썩은 찌꺼기라도 먹지 않으면 굶어 죽게 된다고 자꾸 겁을 준다. 이거라도 있을 때 부지런히 먹어두라고 한다. 하지만 그런가?

연암은 한 차례 중국 여행에서 우물 안 개구리의 구태를 활짝 벗어던졌다. 그는 다시 우물 안으로 돌아왔지만, 더 이상 여행 전의 그가 아니었다. 엄마 배 속에서 바깥세상을 그려보는 것과, 마침내 태를 벗어나 사지를 쭉 뻗어 으앙, 시원스레 울음을 터뜨리는 것은 차원이 다르다.

의미는 외형이 아닌 내태에서 나온다. 얼마짜리 옷이냐가 중요한 것이 아니라 입어서 맵시가 나느냐가 더 중요하다. 태깔이 나야 값이 있지, 값만 비싼 것은 소용이 없다. 그런데 사람들은 무슨 상표와 얼마짜리에 더 연연한다. 연암의 《열하일기》에는 돌아오는 노정에 대한 기록이 아예 없다. 그는 북경까지 간 이야기만 적고 오는 길에서 일어난 일은 꺼내지도 않았다. 그가 아직도 돌아오지 않고 북경 언저리에서 서성이고 있는 것만 같다. 아직 찾아야 할 것이 있고, 가야 할 길이 남아서다.

우리가 걷어내야 할 껍질은 어떤 것인가? 내가 본 장관은 무엇인가? 우리 시대의 허생은 어디 있나? 북곽 선생과 동리자가 판을 치는 세상에서, 이들을 혼쭐내줄 사나운 범의 서슬이 그립다.

다산의 지식경영, 생각이 경쟁력이다

사람은 생각을 잘해야 한다. 생각이 경쟁력인 시대에 우리는 살고 있다. 보다 창의적인 아이디어, 한층 합리적인 생각, 더 인간적인 마인드로 무장해야 경영의 효율성이 올라가고 조직이 살아나며 개인의 업무능력이 신장된다. 하지만 창의적인 것을 엉뚱한 것과 혼동하거나, 합리적인 것을 과학적인 것으로 착각하며, 인간적인 것을 '좋은 게 좋은 것'과 구분 못하면, 그 생각이 오히려 문제를 뒤엉키게 만든다.

필요한 생각이 필요할 때 바로 떠오르면 좋은데, 그것이 안 되니 문제다. 생각의 힘은 하루아침에 신장되는 법이 없다. 생각은 힘이 세다. 하지만 힘은 기르지 않으면 생기지 않는다. 힘센 생각을 하려면 먼저 생각의 힘을 길러야 한다. 옛사람 중에 생각을 잘 경영해서 힘 있는 삶을 산 사람을 하나 꼽으라면 나는 서슴없이 다산茶山 정약용丁若鏞(1762~1836) 선생을 꼽겠다.

그는 18년 강진 유배생활 동안 500권에 가까운 책을 썼다. 한 달에 한 권 이상으로 써낸 것인데, 언뜻 불가능해 보이는 경이로운 성과 뒤에는 오로지 핵심을 장악하고 과정을 효율화하는 생각의 힘이 있었다. 다산의 모든 작업은 핵심 가치의 장악에서 시작되고 끝이 났다. 핵심 가치를 장악하지 않고는 어떤 작업도 손대지 않았다. 반대로 핵심 가치를 장악하고 나면 동시에 10여 가지의 일도 뒤엉킴 없이 척척 진행시켜, 가장 효율적인 방법으로 마무리 지었다.

다산의 전체 작업을 하나하나 들여다보면 그 과정과 절차가 예외 없이 꼭 같다. 이 일을 왜, 무엇 때문에 하는가? 구체적으로 얻으려는 결과가 무엇인가? 이 두 질문에 대해 명확한 답이 나오지 않으면 절대로 작업에 착수하지 않았다.

정조가 《기기도설奇器圖說》이라는, 서양 기계를 그림으로 그린 책을 주고 거중기를 만들라고 했을 때, 그는 먼저 화공을 불러 책 속의 작은 그림을 확대해 그려놓고 분석을 시작했다. 핵심 가치는 무거운 돌을 기계장치를 이용해 쉽게 들어 노동력의 낭비를 막고 경비를 절감하자는 것이었다. 그런데 분석해보니, 서양의 기계는 모두 구리쇠로 톱니를 깎은 기어장치를 통해 동력이 전달되는 구조였다. 공인에게 물어보니, 당시 우리의 기술력으로 기어장치 제작은 어림도 없었다. 포기할 수밖에 없는 상황. 하지만 다산은 핵심 가치를 되물었다. 기어가 안 되면 다른 방식으로 해보자. 문제는 무거운 돌을 드는 것이었다. 그래서 그는 도르래를 열 개나 연동시켜 작동되는 완전한 조선식 거중기 개발에 성공했다.

화성 축조가 끝난 뒤 정조가 다산을 불러 말했다. “너 때문에 경비 4만 냥을 절감했다. 고맙다.” 실제 다산이 만든 거중기는 서양은 물론 중국에서도 그 비슷한 것조차 찾아볼 수 없는 독창적인 것이었다.

천연두 관련 정보를 정리한《마과회통》, 속담을 분류한《이담속찬》, 목민관의 행동지침을 갈래지은《목민심서》등 그의 모든 작업은 항상 핵심 가치 파악, 자료 분석, 목차 정리, 카드 작업, 정보의 재배치 순으로 이루어졌다. 이렇게 정리된 자료는 일목요연해서, 언제나 누구든 필요한 정보를 꺼내 유용하게 쓸 수 있게 되어 있었다. 다산의 경쟁력이 바로 여기에서 나왔다.

왜 하는가? 목표는 무엇인가? 어디다 쓰는가? 무슨 일을 하든 이 질문을 앞세워 작업의 핵심 가치를 장악하고, 공략 목표를 정확하게 설정하되, 실제의 쓰임새를 놓치지 않는다면 못할 일이 없고 안 될 일이 없다. 윗사람이 일을 시키면 왜 시키는지 따져보지도 않고 그냥 시키는 대로 한다. 반복되는 일을 하면서도 앞서의 노하우를 활용하지 않고 늘 제로베이스에서 시작한다. 그러면서 일 많다고 투덜대고, 쓸데없는 일 시킨다고 불평한다.

문제는 문제 자체에 있지 않고, 문제가 뭔지 모르는 데 있다. 문제에서 문제를 알면 문제 될 것이 없다. 질문을 장악하고, 문제를 손아귀에 넣으면, 문제가 술술 풀린다. 어떤 문제가 닥쳐도 당황할 일이 없다. 새로운 문제 앞에 늘 허둥대다 또 다른 문제를 만드는 조직이 있고, 문제를 예견하고 문제를 앞질러가는 조직이 있다. 후자가 되고 싶은가? 나는 다산 선생의 지식경영 노하우를 벤치마킹해보라고 권하겠다.

다산의 제자 교육법

다산의 강진 유배 18년은 우리 학술사에서 불가사의한 기록을 많이 남겼다. 500권이 넘는 경악할 성과도 따지고 보면 혼자 한 것이 아니라 대부분 제자들과 집체작업한 결과였다. 주막집 뒷방 생활을 청산하고 9년 만에 다산초당으로 거처를 옮긴 다산은 형님 정약전에게 보낸 편지에서 그곳에서 만난 제자들에 대해 이렇게 적었다.

양미간에 잡털이 무성하고, 온몸에 뒤집어쓴 것은 온통 쇠잔한 기운뿐입니다. 발을 묶어놓은 꿩과 같아 쪼아먹으라고 권해도 쪼지 않고 머리를 눌러 억지로 주둥이와 낟알이 서로 닿게 해주어도 끝내 쪼지 못하는 아이들입니다.

이랬던 그들이 두어 해도 되지 않아 조선 학술사의 금자탑을 세우는 드림팀의 일원으로 눈부시게 변모했다. 이런 변화가 어떻게 가능했을까? 그 방법을 오늘의 교육 현장에 도입하면 똑같은 결과가 나올까?

다산이 제자를 길러낸 교학 방식은 크게 여섯 가지로 구분할 수 있다.

첫째는 단계별 교육이다. 다산은 단계별 학습을 중시했다. 글자를 익힐 때는 촉류방통觸類旁通의 방법으로 비슷한 부류끼리 정보를 계열화해서 습득하게 했다. 책 읽는 순서도 선경후사先經後史, 즉 경전을 앞세우고 역사서를 나중에 읽어 수기修己를 먼저 한 후 치인治人의 단계로 나가는 차례를 강조했다. 작문 학습에는 과문科文, 즉 과거시험을 위한 글보다 고문을 우선했다. 무턱대고 공부만 하는 것이 능사가 아니라 차례와 절차가 중요하다고 보았다. 그래야만 문심혜두文心慧竇, 즉 슬기 구멍이 뻥 뚫려 머릿속에서 잘 드러나 보이지 않는 체계가 가동된다는 뜻이다.

둘째는 전공별 교육이다. 다산은 제자의 성품과 개성을 살펴 당시에 이미 전공 교육을 실행했다. 문학文學과 이학理學, 즉 문예와 학술로 나눠, 선택과 집중 방식의 교육으로 학습 내용을 차별화했다. 논리적 사고가 강하면 학술 방면에, 감성적 표현이 능하면 문학 쪽에 집중하도록 이끌었다. 특별히 승려 제자들에게 시문 학습을 반복적으로 강조한 것이 인상적이다. 그리고 각각의 전공마다 단계별 효율을 극대화할 수 있는 학습 순서를 꼼꼼하게 정해주었다. 또한 같은 전공자들끼리 경쟁구도를 설정해서 서로 시너지효과를 가져오게 했다.

셋째는 맞춤형 교육이다. 다산은 제자의 처지와 개성을 살펴, 맞춤형 눈높이 교육을 펼쳤다. 개인별로 최적화된 매뉴얼을 제안하고, 상황에 따라 칭찬과 꾸지람을 적절히 활용해 그때그때 알맞은 대증처방을 내려주는 동기유발형 교육을 중시했다. 다산은 수십 편의 〈증언贈言〉을 남겼다. 제자 개개인의 특성에 따라 당부하는 내용을 달리해서 가르침을 내린 것이다. 아들에게 보낸 수십 통의 편지나 〈가계家誡〉도 마찬가지다. 승려에게는 비유를 끌어 가르쳤고, 키가 작은 아이에게는 마음이 거인이 되는 법을 가르쳐 자신감을 불어넣었다. 게으른 제자는 정신이 번쩍 들 만큼 맵게 다그쳤다. 신혼의 제자가 공부를 게을리 하자 아예 신혼부부를 따로 떼어놓아 산사에 올라가게까지 했다. 그러고는 그들의 작은 성취에도 자신의 일보다 더 기뻐하여, 제자들을 감격시켰다.

넷째는 실전형 교육이다. 평소 초서鈔書, 즉 카드 작업이나 베껴 쓰기 과정을 통해 바탕공부를 다진 뒤, 작업 매뉴얼을 구체적으로 제시해 실전 연습을 시키는 교학 방법이다. 최근 몇 년간 강진 지역에서 다산의 제자들마다 스승의 가르침에 따라 여러 책을 초서한 총서叢書가 6~7종이나 발견되었다. 다산이 초서를 통한 학습을 몹시 중시했음을 이를 통해 새삼 확인할 수 있다. 한편 작업 매뉴얼에 의한 실전 연습을 지속적으로 강조했다. 다산은 무슨 작업을 하든지 먼저 핵심 가치를 설정해 구체적인 작업 범위와 목표를 정했다. 이어 목차와 범례를 확정해서 작업의 전 과정을 이해시킨 후에 초서 작업에 착수하게 했다. 다산의 대부분 작업이 이렇게 진행되었다. 처음엔 비능률적인 듯이 느껴져도, 일정 단계 이후로는 스스로도 놀랄 만큼 효율적인 시스템으로 정착되었다.

다섯 번째는 토론형 교육이다. 문답과 토론을 통한 쌍방향 교육을 말한다. 다산은 공부에서 문답을 중시했다. 질문을 먼저 던져 답변을 끌어내고, 토론을 통해 논리적 사고와 문제의식을 강화시켰다. 고성암高聲菴에서 아들 정학연과 겨울을 나며 공부한 내용을 정리한《승암예문僧菴禮問》을 비롯해서 다양한 저작들에 문답 방식으로 진행된 교육 현장이 생생하게 남아 있다. 학습 내용을 기록으로 누적시켜서 지난날의 수준을 점검하고 향후의 방향을 잃지 않게 했다. 이를 통해 문제의식과 사고력을 높여 주체의 각성을 유도하기 위해서였다. 공부는 늘 쌍방향이어서 일방적인 법이 없었다. 이를 통해 제자들은 문제제기의 요령과 해결능력을 동시에 갖춰나갈 수 있었다.

여섯 번째는 집체형 교육이다. 전체 작업 공정을 역량에 따라 안배하되 역할을 분담해 공동작업으로 진행했다. 당시에 이미 이런 팀제 도입을 통해 효율의 극대화를 꾀한 것은 사뭇 놀랍다. 다산초당의 모든 작업은 마치 컨베이어벨트를 돌아나오면 상품이 완성되듯, 철저한 역할분담에 의해 이루어졌다. 뿐만 아니라 이를 제자 양성 프로그램화해서, 자신의 성과를 정리하면서 제자들의 학문적 성장을 돕는 멘토링의 역할을 톡톡히 했다. 다산의 제자들은 기획에서부터 실행까지의 전체 프로세스에 집체적으로 참여함으로써 저술과 편집의 전 과정을 이해하고 적용하며 실천하는 힘을 기를 수 있었다.

정리하면 이렇다. 다산은 단계별 교육으로 최적화된 로드맵을 제시해 학습 요령과 우선순위를 익히게 했다. 전공별 교육으로 적성을 살려주고, 맞춤형 교육에서 개성을 북돋워 학습동기를 유발했다. 이어 실전형 교육으로 방법론을 터득케 하고, 집체형 교육을 통해 효율성을 극대화했다. 이런 맵짠 훈련을 받은 제자들은 스승의 상경 후에도 스승을 도와 작업에 참여했고, 나중에는 저마다 역량을 갖춘 문인·학자로 성장해서 중앙 문단과 학계에까지 자신들의 존재를 알렸다.

최고의 메모광
다산 정약용

생각이 경쟁력인 시대에 우리는 살고 있다. 생각은 종류가 퍽 많다. 곰곰이 따져 하는 생각(思)이 있고, 퍼뜩 떠오른 생각(想)이 있다. 떠나지 않는 생각(念)이 있는가 하면, 짓누르는 생각(慮)도 있다. 좋은 생각은 키우고, 나쁜 생각은 지워야 경쟁력이 붙는다. 나쁜 생각은 영혼의 축대를 금 가게 하고, 정신을 피폐케 한다. 좋은 생각은 삶에 활력을 불어넣고, 창조적 에너지를 공급한다.

사람은 생각을 잘 관리할 줄 알아야 한다. 생각은 쉬 달아난다. 달아나기 쉬운 생각을 붙들어두려면 메모하는 습관을 기르지 않으면 안 된다. 그때그때 바로 적어야 그 생각이 씨앗이 되어 싹을 틔운다. 메모하지 않으면 기억의 저장고에서 깊은 잠에 빠지고 만다. 생각은 메모를 통해서만 싹을 틔운다. 메모하는 습관은 꾸준한 연습 없이는 몸에 잘 붙지 않는다. 밥 먹듯이 메모하고, 숨 쉬듯이 메모해야 습관이 된다.

메모는 창의력의 원천인 동시에 역사의 기록이기도 하다. 그저 적어둔 메모가 세상을 바꾼다. 무심코 기록한 일기가 사료가 되고, 한 시대의 소중한 증언이 된다. 말은 항상 떠돌지만, 기록은 남기는 자를 통해서만 보존된다. 기록되는 순간 비로소 제 생명을 갖는다.

옛사람의 메모벽은 자못 유난스럽다. 책을 읽다가 번뜩 떠오른 생각이 있으면 메모지에 옮겨 적었다. 바쁘면 책 여백에도 적었다. 생각이 달아날세라 급하게 메모했다. 이렇게 생각이 달아나기 전에 퍼뜩 적는 것을 질서疾書라고 한다. 질주疾走는 빨리 달린다는 뜻이고, 질서는 잽싸게 메모한다는 의미다. 성호 이익 선생은 자신의 저작에 일제히 '질서'란 말을 붙였다. 《시경질서詩經疾書》, 《논어질서論語疾書》 같은 이름을 붙인 책이 여럿 있다. 모두 그때그때 떠오른 생각을 메모해두었다가, 나중에 정리해서 책으로 묶은 것이다.

옛사람들의 책상 곁에는 메모지를 보관하는 상자가 으레 따로 있었다. 메모가 쌓여갈수록 공부의 깊이도 더해갔다. 그러다가 틈이 나면 메모지를 꺼내 정리했다. 책 내용을 옮겨 적고 그 끝에 자신의 생각을 부연한 것도 있고, 스쳐가는 생각을 잊지 않으려고 끄적거린 것도 있다. 메모지를 분류하고 주제별로 정리하면 그 자체로 한 권의 훌륭한 책이 되었다. 이수광의 《지봉유설芝峯類說》이나 이익의 《성호사설星湖僿說》 같은 책들은 모두 독서 메모를 모아 갈래지어 정리한 책이다.

박지원은 젊은 시절 파리 대가리만 하게 쓴 작은 글씨의 메모가 나이 들어 시력이 나빠지는 바람에 읽을 수 없게 되자, 이를 버리며 몹시 안타까워한 기록을 남겼다. 자기만 알아볼 수 있게 바삐 쓴 것이어서 다른 사람은 판독할 수가 없었다. 이 메모를 잘 살릴 수 있었다면 우리는 훨씬 더 많은 그의 글과 만나게 되었을 것이다.

그들은 심심하면 심심해서 메모했고, 바쁘면 바쁜 대로 적었다. 한가로움을 깨려고 적었다는 뜻의 《파한집破閑集》은 고려 때 이인로가 심심해서 당시 고려 문단의 풍경을 떠오르는 대로 메모한 내용이다. 그걸 본떠 최자는 《보한집補閑集》을 지었다. 이 두 기록 덕분에 우리는 당시 고려의 문단이 얼마나 활동적이었는지 알게 되었다.

홍석주는 벼슬길의 바쁜 와중에도 퇴근 후 매일 공부에 대한 생각을 메모로 남겨 《학강산필鶴岡散筆》이란 멋진 책을 남겼다. 짤막짤막한 글이지만 세상을 보는 눈, 학문과 예술에 대한 그의 안목과 만나려면 이 책만큼 좋은 것이 없다. 귀양 가 있던 허균은 제대로 된 먹거리 하나 없던 유배지에서 예전 서울 있을 적에 맛나게 먹었던 요리를 하나하나 떠올려 메모해서 《도문대작屠門

大嚼》이란 음식 책을 남겼다. 자기 위로 삼아 쓴 책이지만, 오늘날에 와서 뜻밖에 훌륭한 요리서의 구실도 한다.

메모의 위력을 가장 잘 알았고 효과적으로 활용한 사람은 다산 정약용이다. 그는 가히 조선 최고의 메모광이라 할 만하다. 틈만 나면 적었고, 떠오르는 대로 기록했다.

젊어서 정조에게《시경》에 대한 강의를 들을 때 일이다. 정조는 날마다 엄청난 양의 숙제를 내줬다. 남들이 다 쩔쩔맬 때, 다산만 혼자 척척 해냈다. 그 비결은 평소의 메모 습관에 있었다. 그는 보통 때 주제별 공책을 만들어놓고 필요한 내용을 메모하곤 했다. 임금이 어떤 질문을 던져도 공책 속에 답이 다 들어 있었다. 다른 사람과는 애초에 경쟁이 되질 않았다. 시험을 볼 때마다 그는 1등을 독차지했다. 그는 뒤에 정조가 낸 700개가 넘는 작은 질문과 자신의 대답을 묶어《시경강의詩經講義》라는 책을 엮었다. 이 책을 읽으면 당시 공부의 광경이 생생하게 되살아날 뿐 아니라, 다산의 폭넓은 섭렵에 다시 한번 놀라게 된다. 그런데 그때 함께 공부한 여러 신하들 중에 다산처럼 기록으로 남긴 사람은 아무도 없었다.

뒤에 모함을 받아 금정찰방으로 좌천되어 갔을 때도 재미난 일화가 있다. 갑작스레 떠나 책 한 권 가져갈 수 없었던 그는 이웃에서 반만 남은《퇴계집》한 권을 겨우 얻었다. 퇴계가 제자나 벗들에게 보낸 편지를 모은 부분이었다. 그는 매일 아침 반쪽짜리 책에 실린 퇴계 선생의 편지 한 통을 아껴 읽었다. 아침에 읽고는 오전 내내 그 내용을 음미했다. 생각을 가다듬고 키워서, 점심식사 후에 오전 내 정돈한 생각을 책의 여백에 빼곡하게 메모했다. 다행히 그는 금방 중앙으로 복귀했다. 서울로 올라갈 때 그는 이때의 메모를 모아 《도산사숙록陶山私淑錄》이란 작은 책 한 권을 지었다. 퇴계 선생을 사숙私淑한 기록이란 뜻이다. 서문에서 지치고 심란했던 당시에 퇴계의 편지를 통해 마음을 추스를 수 있었다며 감사를 표했다.

다산은 강진에 유배 와서 자식과 제자들을 가르칠 때도 메모의 중요성을 늘 강조했다. 제자가 질문하면 대답해주고, 그 질문과 대답을 기록으로 남기게 했다. 제자가 무엇을 물으면 말로 먼저 설명해주고 나서, 아예 그 문답을 한 편의 글로 써주곤 했다. 《승암예문》은 아들이 유배지로 아버지를 찾아오자 암자에 올라가 한 겨울을 나면서 주고받은 질문과 대답을 아들을 시켜 정리한 기록이다. 공부 습관이 배게 하려고 일부러 그렇게 시켰다.

아들이 닭을 기른다고 편지를 쓰면, 대뜸 이렇게 대답했다. "여러 가지 농서農書를 찾아서 닭에 관한 내용을 옮겨 적어라. 닭을 기르면서 네가 보고 들은 내용도 빠짐없이 메모해라. 때때로 닭의 정경을 시로 묘사해 기록으로 남겨라. 그것들을 차례 지어 정리하면 훌륭한 한 권의 책이 될 것이다. 책의 이름은 '계경鷄經'으로 붙여라." 다산은 무슨 일을 하든 이런 방식으로 메모하고 기록하게 했다.

다산이 강진 시절에 늘 곁에 두고 읽었던 《독례통고讀禮通考》

라는 책이 있다. 중국 학자가 예법에 대해 종합적으로 정리한 방대한 내용이다. 다산의 손때 묻은 이 책을 보면 다산의 메모벽을 한눈에 알 수 있다. 책의 여백마다 다산 특유의 필체로 빼곡하게 메모가 되어 있다. 메모 끝에는 어김없이 기록한 날짜와 장소를 적었다. 이 메모만 봐도 다산이 이 책을 언제 읽기 시작해서 언제 끝마쳤는지 알 수가 있다. 어떤 메모 끝에는 '병중病中'이라고 썼다. 귀양지에서 아픈 중에도 그는 메모를 쉬지 않았던 것이다. 이런 메모가 바탕이 되어 《제례고정祭禮考訂》과 《상례사전喪禮四箋》 같은 방대한 예서가 완성될 수 있었다.

그 유명한 《목민심서》도 따지고 보면 메모와 정리의 결과다. 제자들을 시켜서 역대의 역사기록 중 목민관과 관련된 내용들을 일정한 매뉴얼에 따라 항목 카드에 메모하게 했다. 나중에 이것을 갈래별로 분류해 정리시켰다.

다산의 500권이 넘는 방대한 저술들은 대부분 이런 방식으로 엮어진 편집서들이다. 다산은 조선 최고의 메모광이었을 뿐 아니라 편집광이었다. 어떤 정보든지 그의 손에 닿기만 하면 무질서하게 흩어졌던 자료들이 일목요연해졌다. 평소의 메모 습관과 생각 관리 훈련이 귀양지의 척박한 환경 속에서 놀랍게 꽃피운 것이다. 더 대단한 것은 다산이 자신의 작업 과정을 제자의 훈련 과정과 일치시켰다는 점이다. 이런 메모와 정리의 혹독한 훈련을 통해 후에 제자들도 나름의 역량을 갖춘 훌륭한 학자로 성장할 수 있었다.

힘센 생각은 메모에서 나온다. 머리를 믿지 말고, 손을 믿어라. 생각은 금세 달아난다. 미루지 말고 그때그때 적어라. 위대한 천재들의 놀라운 성취 속에는 언제나 예외 없이 메모의 습관이 있었다.

다산에게 묻는 지식경영의 비결

천재적 르네상스인

다산은 막강하다. 다루지 않은 분야가 없고, 손대지 않은 영역이 없다. 처음부터 잘 알아 그런 것이 아니고, 해야 하니까 했고 찾아가면서 했다. 경학이나 경세학의 영역이야 그렇다 쳐도 토목공학이나 기계공학, 물리학 등 자연과학 쪽 작업은 의욕만으로 될 일이 아니다. 작업의 스펙트럼이 워낙 전방위적이어서 실로 다루지 않은 분야가 없다. 전무후무한 조선의 르네상스인이 바로 그였다.

임금이 한강에 배다리를 놓으라고 하면 거칠기 짝이 없는 몇몇 관련 기록을 바탕으로 훨씬 업그레이드된 결과를 착오 없이 내놓았다. 당시 기술로는 제작이 불가능했던 서양 거중기의 구리쇠 기어장치 대신 도르래를 연동시켜 다산이 발명한 조선형 기중가起重架는 전 세계에 달리 유례가 없는 독특한 모델이었다. 화성 축조 당시 현장에 투입된 유형거游衡車는 돌을 실어나를 때 수레가 평형을 유지할 수 있도록 설계되어 비용 절감과 함께 수많은 인명을 지켜냈다. 부분별로 목재를 달리해 수레 제작 단가까지 뽑아놓은 기록을 보면 혀를 내두를 정도다. 물리적 계산과 공학적 설계는 오늘의 관점으로 보더라도 대단히 합리적이고 경이롭다. 그가 만든 모든 기기들은 한결같이 현장에서 막강한 위력을 발휘했다. 그의 사전에 탁상공론이나 허장성세란 단어는 없었다.

다산은 건축설계자나 토목기술자가 아니었다. 이전의 경험도 전무했다. 하지만 불과 2년 반 만에 화성 축조를 깔끔하게 마무리 지었다. 축성의 기초와 성곽의 구조, 건물의 배치와 기기의 설계까지 모두 그의 솜씨다. 오늘날 첨단 건설장비와 전문 인력을 동원해 신도시 하나를 건설하는 데 드는 물자와 비용, 시간에 견줘보더라도 다산이 해낸 결과는 놀랍다 못해 경악스럽다. 각 분야 전문가 수십 명이 한꺼번에 달라붙어도 못할 일을 그 혼자 척척 다 해냈다.

핵심 가치를 잡아라

그는 무슨 일을 하든 핵심 가치를 잊지 않았다. 무슨 일인가? 왜 하는가? 어떻게 할까? 작업의 성격을 파악하고, 목표를 설정한 후, 로드맵을 만들었다. 준비가 끝나면 모든 일은 일사천리였다. 경학 연구든 건설 현장이든 똑같은 원리, 동일한 과정이 적용된 점은 특히 놀랍다.

정조가 아버지 사도세자의 무덤인 현륭원에 식목사업을 마무리 짓고 신하들에게 물었다. "지난 7년간 인근 8개 고을에서 나무를 심었다. 이제 논공행상을 하련다. 심은 나무가 모두 몇 그루냐? 어느 고을이 나무를 가장 많이 심었는가?" 아무도 대답을 못했다. 관련 공문을 실어오게 하니 소가 끄는 수레 하나에 차고도 넘쳤다. 나무를 심을 때마다 각 고을에서 올라온 공문이었다. 정조가 다산에게 말했다. "네가 좀 정리해다오. 대신 분량이 책 한 권을 넘으면 안 된다."

다산은 이 작업의 핵심 가치를 먼저 물었다. 모두 몇 그루인가? 어느 고을이 가장 많이 심었는가? 질문은 단지 이 두 가지다. 이밖에 나무 종류별 숫자 파악도 중요하겠지만, 일단 이 작업에서는 아니다. 이후 다산의 작업 과정은 이랬다. 먼저 아전을 시켜 공문을 고을별로 분류했다. 여덟 덩어리 묶음이 나왔다. 다시 묶음마다 날짜순으로 정리했다. 정리가 끝나자 연도별로 작은 묶음을 구분했다.

다산은 아전에게 고을별로 빈 도표가 그려진 종이를 내주었다. 세로 칸은 날짜를 적고, 가로 칸은 나무 종류를 적었다. 공문 한 장을 보고 빈칸을 채우고, 그다음 장을 보고 그다음 칸을 채웠다. 1년 단위로 집계를 냈다. 잠깐 만에 고을별로 여덟 장의 집계표가 나왔다. 다시 다산은 종이 한 장을 내밀었다. 세로 칸은 연도를 적고, 가로 칸은 고을 이름을 적었다. 앞서 고을별 정리표 합산 결과를 연도별로 옮겨 채웠다. 현륭원에 심은 나무는 모두 129,772그루였다.

고을별로 통계를 낸 단 한 장의 보고서가 올라갔다. 정조가 혀를 내둘렀다. "책 한 권 이내로 하랬더니, 종이 한 장으로 정리했구나. 기특하다." 그러고는 표의 결과에 따라 논공행상을 했다. 불과 2~3일 만에 모든 작업을 마쳤다. 다산은 이미 엑셀의 원리를 완벽하게 꿰고 있었다.

이런 예는 너무 많아 일일이 예거하기 어렵다. 강진 시절 주막집 노파의 술외상 장부를 만들어준 일은 그중 작은 일이다. 곡산부사 시절 자연부락별로 가로 칸 세대주 이름, 세로 칸 재산 상황을 기록한 '침기부종횡표砧基簿縱橫表' 몇 장을 들고 한 달도 못 돼 악명 높던 곡산 아전들의 군기를 단번에 휘어잡은 일은 전설처럼 전해진다. 오늘날 CEO들은 인사관리에서 이 표의 막강한 위력을 참고할 필요가 있다.

정보를 장악하라

다산의 500권 저술은 오늘날 책으로 치면 70~80권 정도다. 워낙 방대한 작업이다. 막상 보면 저술보다 편집서가 대부분이다. 전체 과정은 집체작업으로 이루어졌다. 다산의 역할은 핵심 가치 및 작업 목표 설정, 문목 제시에 그쳤고, 실무 작업은 자식과 제자들이 다 했다. 1차 정리가 끝난 후 다산의 손을 거치면 산만하던 정보가 금세 일목요연해졌다. 제자들이 보기에 막상 작업을 하면서도 뭐가 될까 싶던 것이 순식간에 조리정연하게 변했다. 그는 탁월한 지식편집자요, 정보경영가였다.

다산의 제자 훈련은 혹독했다. 요구 수준도 높았다. 조금 게으르면 불호령이 떨어졌다. 한편으로 다독거리는 글로 분발시키고 격동시켰다. 제자별로 써준 각종 증언들은 맞춤형 교육의 한 전형이다. 그는 차갑지만 따뜻한 스승이었다. 컨베이어벨트 돌아가듯 역할을 분담해 쌩쌩 돌아가던 다산초당의 광경은 시골의 이름 없던 서생들이 조선 최고의 학술집단으로 변모되는 과정을 생생하게 보여준다.

다산은 정보를 장악하는 힘을 학문의 기초 단계에서 제자들에게 확실히 심어주었다. 모든 제자들에게 읽은 책의 중요 부분을 베껴 쓰는 초서를 시켰다. 대부분의 제자들이 이 가르침을 평생 이어갔다. 스승과의 문답은 다 기록으로 남기게 했다. 몇 해 전에도 나는 다산의 제자 윤종삼尹鍾參이 스승과 주고받은 공부 내용을 기록한 〈소학주관문답小學珠串問答〉이란 미발굴 자료를 강진에서 새로 찾은 바 있다. 제자들의 공부를 누적시키고 증폭시키기 위한 다산 특유의 교육 방식이었다. 《목민심서》 같은 책은 스승의 지침에 따라 제자들이 작성한 수만 장의 카드를 바탕으로 편집되었다. 이 모든 작업에서 다산은 기획설계자요, 야전사령관이며, 현장책임자였다.

방법론의 스승 다산

그간의 연구는 장님 코끼리 만지기 식으로 저마다 자기 분야, 자기 방면에서만 다산을 들여다보았다. 대부분의 연구는 분야별 작업 결과에 대한 해석과 의미 부여에 머물렀다. 결론은 하나같이 '다산은 위대하다'로 끝난다. 그래서 답답했다. 전체 상이 잡히지 않았다. 경학 연구는 주자학의 답답한 한계를 벗어났다. 각종 경세서는 조선의 당면한 문제에 대한 치밀하고 실천 가능한 대안이었다. 그 밖의 실용서는 당시의 첨단 정보를 망라했다. 그러니 놀랍다는 식의 판에 박힌 결론이었다. 이것도 중요하지만 이것만으로는 안 된다. 《목민심서》에 담긴 애민정신과 목민관의 자세야 지금도 깊이 음미해야 마땅할 내용이나, 자꾸 들으면 따분하고 지겹다. 맨날 감동이나 하고 감탄만 하고 있으면 다산은 우리에게 늘 언감생심이고 쳐다보지 못할 나무일 뿐이다.

이제 질문의 경로를 조금 바꿀 때가 되었다. 잘 모르는 분야의 과제조차 그는 어떻게 그렇게 효율적으로 처리해낼 수 있었을까? 작업의 방법과 단계별 과정에서 우리가 배워 활용할 점은 없나? 오합지졸의 촌학구村學究들을 어떻게 훈련시켜 조선 최고의 드림팀으로 변모시켰나? 이 방법을 두루 적용하면 우리도 똑같은 결과를 얻어낼 수 있을까? 그 프로세스를 로드맵화해서 각종 현장에 투입해보면 어떨까?

교육 현장에서 다산은 어린이의 인지활동에 따라 연쇄 학습법과 단계별 학습법의 구체적 방법과 대안을 제시한다. 교육학자들이 귀를 쫑긋 세워 들어야 할 내용이 많다. 논문 때문에 고민하는 대학원생들은 그의 작업 방식을 눈여겨보는 것만으로 자료의 정리에서 논리의 구성에 이르는 논문 작성법의 전 과정에 대해 속 시원한 대답을 기대해도 좋다. 기업의 경영자들은 조직관리와 인사관리, 성과관리의 가장 효율적 방식을 배울 수 있다. 어떤 경영컨설턴트보다 위력적이다.

다산을 위대하다고 하면서 우리는 자꾸 다산을 박제화하고 틀에 가둔다. 배울 것은 안 배우고, 죽은 지식만 답습한다. 다산이 《천자문》을 비판하면서 대안 교과서로 제시한 2천자문 《아학편兒學編》을 현장에서 그대로 가르치면 턱도 없이 어렵다. 그 원리를 응용해서 현재화해야 그 위력이 고스란히 되살아난다. 천하의 다산도 그대로는 안 된다. 원리로 배우고 방법으로 익혀야 명불허전이요, 명실상부가 된다.

쉼 없이는
열정도 없다

다산 정약용은 조선 최고의 공부꾼이다. 그는 공부만 했을까? 그도 놀 줄 알았나? 그의 놀라운 생산성의 배경에는 휴식과 여가를 통한 재충전의 여유가 있었다. 용수철은 긴장과 이완의 반복 속에서 탄성을 유지한다. 긴장만 있으면 튀어오를 수 없다. 마찬가지로 이완만 지속되면 축 늘어진 상태로 무기력에 빠지고 만다. 요는 이 둘 사이의 조화다. 조선 최고의 공부꾼이 자신의 탄성계수를 어떻게 관리하고 또 충전해나갔는지, 그의 리프레시 전략을 살펴보자.

의미를 부여하다, 급제 후에 찾은 수종사

22세 때인 1783년 봄 다산이 진사에 급제해 고향으로 돌아왔다. 아버지의 분부에 따라 다산은 벗들을 대동하고 거나한 자리를 마련했다.

유람의 세 가지 기쁨을 다산은 이렇게 꼽았다. 어렸을 때 놀던 곳에 어른이 되어 찾아오는 일, 곤궁할 때 지난 곳을 현달해서 찾아가는 것, 혼자 가던 땅을 벗들과 함께 찾는 일. 이때의 수종사水鍾寺 유람은 이 세 가지 즐거움을 한데 합친 것이었다.

집 근처 수종사는 다산이 어려서 혼자 드나들며 공부하던 곳이었다. 벗들과 악사까지 대동한 호사스러운 나들이는 그간 시험공부에 찌들었던 마음을 말끔하게 펴주었다. 오후 서너 시에 절에 도착한 이들은 석양에 물든 산과 강을 바라보며 놀다가 대낮처럼 밝은 달빛 아래 술 마시고 시 지으며 눅눅해진 삶의 결을 거풍시키고 앞으로 펼쳐질 벅찬 시간에 대한 기대로 가슴을 쭉 폈다.

같은 나들이도 의미를 부여해서 특별한 자리로 만드는 지혜가 필요하다. 일기일회一期一會란 말이 있다. 한 번의 기회에 단 한 번의 만남을 이룬다. 이때 모든 만남은 첫 만남으로 변하고 매순간이 최초의 순간으로 바뀌는 마법이 일어난다. 이렇게 해서 수종사의 나들이는 다산과 그의 벗들에게 잊을 수 없는 하나의 풍경이 되었다.

천기를 읽다, 세검정을 제대로 구경하는 방법

벽찬 포부로 시작해도 세상길은 사람을 쉬 지치게 한다. 지금의 명동, 옛 명례방明禮坊에 있던 다산의 서울 집에 벗들이 모였다. 푹푹 찌는 더위에 좁은 방에 모여 술을 마시는데 멀리서 마른 우레 소리가 들린다. 다산이 자리를 박차고 일어난다.

"일어들 나게. 세검정洗劍亭 구경 가세."

뜬금없는 소리에 영문을 몰라 멀뚱멀뚱 쳐다보는 벗들에게 다산이 소리친다.

"세검정의 절정은 소나기가 쏟아질 때 계곡으로 쏟아지는 폭포 구경에 있네. 비가 오려 할 때는 사람들이 나설 생각이 없고, 비가 개면 계곡물도 금세 줄어들지. 제대로 구경하려면 지금 가야만 해. 안 가면 벌주를 내는 걸세."

그제야 신이 난 벗들이 서둘러 술병을 꿰차고 나귀를 타고 도성을 빠져나와 창의문을 나서 세검정에 닿았다. 소나기가 우르르 몰려와 쏟아지니 계곡물에 정자가 떠내려갈 듯했다. 다산이 기세를 돋워 말한다.

"어떤가?"

"여부가 있나?"

잠깐 만에 소낙비가 그치고 계곡물도 급격히 줄어들었다. 뒤늦게 달려온 벗은 석양볕이 다시 돌아오고 이미 잔잔해진 물을 보며 흥이 다해 자리를 털고 일어나는 친구들에게 지청구만 듣고 일어서야 했다.

천기天機를 미리 알아 준비한 자만이 아름다움을 누릴 자격이 있다. 갤 때도 안 되고 비 올 때도 안 되며, 비가 올락말락하는 바로 그 시점에 자리를 박차고 일어나 나와야 세검정의 진수를 맛볼 수가 있는 법이다.

충전의 에너지를 얻다, 매년 용혈을 찾는 까닭

강진에 유배 온 다산은 주막집 골방에 하숙을 얻어들어 과객과 주정꾼들의 소음 속에서도 공부에만 매진했다. 틈이 나면 이웃 채마밭을 돌보고, 근처 금곡사로 산책을 다니며 답답한 숨통을 틔웠다. 여러 해 뒤 다산초당으로 거처를 옮기면서 음습한 숲 속의 정자는 호남의 이름난 명소로 거듭났다. 수처작주隨處作主! 가는 곳마다 스스로 주인이 되는 적극적 삶의 자세가 빚어낸 마법이었다.

그 초당에서 다산은 조선 최강의 학술집단을 길러냈다. 공장의 컨베이어벨트가 돌아가듯 꽉 짜여 맞물려 진행되던 이들의 작업 현장은 열띤 분위기의 연속이었다. 추운 바닷바람을 맞으면서 추위도 잊고 산속의 초당은 연일 쌩쌩 가동되었다. 그러다가 봄날이 되어 온 산에 꽃이 피어나면 다산은 제자들을 이끌고 두세 시간 걷는 거리의 용혈龍穴로 꼭 봄나들이를 떠나곤 했다. 이 봄날의 소풍은 다산의 제자들이 늘 손꼽아 기다리던 행사였다. 겨우내 찌든 작업의 공간을 벗어나 스승을 앞세우고 따라 걷는 발길들은 경쾌하기 이를 데 없었다.

술자리가 벌어지고 경치를 감상하며 흐뭇한 자리를 파해 다시 원래 자리로 돌아오면 비로소 한 해 봄 살림이 마무리되었다. 이렇게 에너지를 보충한 이들은 다시 의기충천해서 그 엄청난 작업에 가일층 속도를 올리곤 했다.

다산은 참 열심히 공부했고 멋지게 잘 놀았다. 그가 잘 놀지 못했다면 그의 놀라운 생산력은 없었을 것이다. 생산력과 창조성은 이완의 휴식과 충전에서 나온다. 마른걸레는 쥐어짜봤자 소용이 없다.

옛 뜻 새 정

제3부

새벽 스님

원효元曉(617~686) 스님이 저술한 《대승기신론소大乘起信論疏》의 8~10세기 필사본이 중국 둔황敦煌 고문서에서 마침내 출현했다는 소식을 들었다. 1696년에 일본에서 간행된 판본보다 최소 700년 이상 앞선다.

중국의 《송고승전宋高僧傳》 중 〈원효전〉에는 원효가 《금강삼매경소金剛三昧經疏》를 짓자, 그 축약본이 중국으로 건너가 널리 읽혔다고 적혀 있다. 현장玄奘 법사의 오류를 지적한 원효의 '상위결정비량相違決定比量' 논의가 당나라에 알려지자, 중국의 학승들이 원효가 있는 동쪽을 향해 세 번 절하며 존중해 찬탄했다는 기록이 있다. 일본 승려 장준藏俊(1104~1180)의 《인명대소초因明大疏抄》에 보인다. 원효의 손자인 대판관 설중업薛仲業이 780년에 신라 사신으로 일본에 갔을 때 일이다. 그곳의 상재上宰가 원효 거사가 저술한 《금강삼매경론》을 읽어보고, 생전에 만나지 못한 것을 몹시 안타까워했는데, 그 손자를 만나 기쁘다며 시를 지어 주었다. 《삼국사기》 〈설총전〉에 나온다.

원효는 당대뿐 아니라 사후에 이미 국제적 명성을 누리고 있었던 셈이다. 이번 둔황 고문서의 발견으로 그 실상과 위상을 다시 한번 확인하게 되었다. 원효는 경산의 불지촌佛地村에서 태어났다. 어릴 때 이름은 서당誓幢 또는 신당新幢이었다. 《삼국유사》에서는 '당幢'이 '털(毛)'이라 했으니, 그의 아명은 우리말로 '새털'이었던 셈이다. 어머니가 밤나무 아래를 지나다 급작스레 산기를 느껴 새털옷(裟羅)을 나무에 걸어 가리고 그를 낳았대서 지은 이름이다.

그의 이름 원효元曉는 신라말로는 시단始旦, 즉 '새 아침' 또는 '첫새벽'이라는 뜻이라고 《삼국유사》는 적고 있다. 일본에서 1659년에 간행된 《기신론별기起信論別記》 끝에 찬자의 이름으로 적혀 있는 '새부塞部'가 바로 오늘날 경상도 사투리에 해당하는 신라말 '새벽'의 표기임은 진작에 불교학자 김영태 선생께서 명쾌하게 밝힌 바 있다. 당시 원효는 신라 사람들에게 '새벽' 스님으로 불렸던 것이다.

'부처님 땅(佛地村)'에 새털처럼 가볍게 새벽 스님이 태어나 그곳에 '처음 열린 절(初開寺)'을 세웠다. 그리고 그 빛이 중국, 일본 등 동양 삼국에 찬연히 빛났다. 인도와 중국의 고승들도 해결 못한 난제를 국내파인 '새벽' 스님이 단번에 격파해버렸다. 통쾌하지 않은가?

복장 속 고려 인삼

연산군 때 조성한 목조 관음의 복장服藏에서 천 년 묵은 고려 인삼이 나왔대서 화제다. 탄소연대측정 결과 1060(±80)년으로 거슬러 올라가는 고려시대 것임이 밝혀졌다. 평안도 천성산 관음사에서 1502년에 제작한 이 불상의 발원문發願文에는 1364년에 만든 청동 아미타삼존불이 도적 때문에 손상되어 목조 관음보살상을 다시 만들었다고 적고 있다. 고려 불상 속에 들었던 복장 유물을 조선시대에 새로 불상을 조성하면서 그대로 옮겨넣은 것으로 추정된다.

복장 유물에는 불경과 함께 가장 소중한 물건을 넣는다. 쉬 상하는 식품이 천 년 넘는 세월을 지나 원형 그대로 발견된 것도 드문 일이지만, 당대부터 가장 귀한 대접을 받았던 고려 인삼의 천 년 묵은 실물을 갖게 된 것은 상징적 의미가 적지 않다.

추사의 제자 이상적李尙迪(1804~1865)도 고려 때 조성한 석탑에서 발견된 700년 묵은 '용단승설차龍團勝雪茶'에 대해 언급한 일이 있다. 대원군이 아버지 남연군의 묏자리를 이장하려고 덕산 가야사 석탑을 헐 때 소동불小銅佛과 이금경첩泥金經帖, 사리 등과 함께 봉안된 용단승설차 네 덩이를 얻었다는 것이다. 차에는 '승설勝雪'이란 두 글자가 해서체 음각으로 또렷이 찍혀 있었고, 표면의 용무늬에는 비늘과 수염까지 그대로 살아 있었다고 증언했다. 사방 2.35센티미터, 두께 1.2센티미터 내외 크기의 네모진 떡차였다.

이상적은 이 차가 송나라 휘종徽宗 선화 2년(1120)에 중국에서 정가간鄭可簡이 황제에게 만들어 바쳤다는 전설적인 용단승설차가 분명하고, 당시 중국에 유학했던 의천義天과 지공指空 같은 고승이 어렵게 구해와 석탑 안에 봉안했을 것으로 추정했다. 이 네 덩이의 차는 그 후 종적이 묘연한데, 하나는 이상적을 거쳐 추사의 손에 들어갔다. 초의 스님에게 보낸 편지에 차 구경을 하려라도 서울 걸음을 한번 하라고 언급한 내용이 보인다.

이 차가 지금 나왔더라면 모르긴 해도 중국 차계가 발칵 뒤집혔을 것이다. 문헌 기록으로만 남았던 귀한 물건이 엉뚱하게 조선에서 실물로 발견된 희유한 예다. 이번 천 년 묵은 고려 인삼의 존재도 더없이 귀하고 보배롭다. 발견된 인삼으로 홍삼의 기원을 유추하는 성급한 기대까지 있고 보면, 고려 인삼의 성예를 드높이는 연구가 잇따를 듯하다.

호변號辨

조선 후기 화가 최북崔北은 오기로 똘똘 뭉친 사내였다. 천한 화공의 신분이었지만 기개가 드높았다. 최북의 몇 가지 호 중에 '거기재居其齋'란 이상한 이름이 있다. 내 추정은 이렇다. 양반집 사랑에서 그림을 그리는데, 업수이 여겨 이름을 안 부르고 '이봐 거기!' 하고 불렀다. 그림을 다 그린 최북은 호를 '거기재'로 떡 썼다. 너희가 나를 '거기'라고 부르니, 부르는 대로 낙관해 준다는 뱃심이었다.

그는 칠칠七七이란 호도 즐겨 썼다. 본명인 '식埴' 자를 초서로 쓰면 칠七 자를 두 번 쓴 것 같아서 장난친 것인데, 혹은 최북의

북北 자를 파자破字한 것이라고도 한다. 당나라 때 술법에 능했던 도사 중에도 은칠칠殷七七이란 이가 있다. 하지만 이 이름에는 '그래, 나는 칠칠치 못한 놈이다. 어쩔래?' 하는 반항이 한 자락 깔려 있다.

신분이 노비였던 천재 시인 이단전李亶佃(1755~1790)은 자신의 호를 필한疋漢으로 썼다. '필疋' 자를 파자하면 '하인下人'이다. 결국 필한은 '하인놈'이라는 뜻이다. 삐딱하다. 인헌因軒이란 호도 썼다. 큰 사람이 감옥 속에 활개 펴고 드러누운 형국이다. 그는 하늘 보기가 부끄럽다며 늘 패랭이를 쓰고 다녀 '이패랭이'란 별명으로도 불렸다. 정작 당대 최고 문인이었던 이용휴는 그의 시를 격찬했다.

장혼자張混字까지 만들어 당시 출판계와 문화계에 큰 파장을 일으켰던 장혼張混(1759~1828)도 신분이 중인이었다. 그는 이이엄而已广이란 희한한 호를 썼다. '이이而已'는 '뿐, 따름'이란 뜻이다. '엄广'은 집인데, 보다시피 텅 빈 집이다. 이이엄은 결국 아무것도 없는 허깨비 집이란 말이다. 그의 다른 호인 공공자空空子도 같은 뜻을 담았다.

기술직 중인으로 천대받았던 정민수鄭民秀(1767~1828)의 자는 기범豈凡이다. '어찌 평범하랴?'란 뜻이다. 죽어도 남과 같이 살지 않겠다는 결기마저 느껴진다. 그는 문장이 뛰어났음에도 불구하고 인정받지 못하고 이곳저곳을 전전하며 떠돌다가 서당 선생으로 생을 마쳤다.

이렇듯 문인이나 화가의 호號에도 한 시대의 풍경이 떠오른다. 능력 있는 인재를 출신이나 학벌의 틀에 가둬 숨도 못 쉬게 옥죄는 것은 그때나 지금이나 한가지다. 얼마나 많은 거기재와 칠칠이와 필한과 이이엄 들이 이런 폭력의 그늘에서 울분을 곱씹고 있을까?

기양

중종 때 채수蔡壽가 〈설공찬전薛公瓚傳〉을 지었다. 불교의 윤회화복설을 빌려 당대 현실의 민감한 부분을 건드렸다. 죽은 사람의 넋이 산 사람에게 빙의해 저승 소식을 전해주는 스토리는 꽤 인기가 높았다. 반정을 일으킨 쿠데타 세력들이 듣기에 거북한 내용도 포함되어 있었다. 반역으로 정권을 잡은 사람은 지옥에 떨어진다고 한 대목이 특히 그랬다. 사헌부에서 격렬하게 들고일어나 교수형에 처할 것을 주장했다.

논란이 시끄러워지자, 영사 김수동金壽童이 나서서 두둔했다. "채수가 요망한 말로 인심을 선동했다면 사형으로 단죄함이 옳습니다. 다만 기양의 시킨 바가 되어 보고 들은 대로 망령되이 지었으니, 해서는 안 될 것을 한 것일 뿐입니다. 이 사람을 죽여야 한다면,《태평광기》나《전등신화》같은 책을 지은 자도 모조리 죽여야 합니까?" 왕은 채수를 파직시키고 책을 모두 불사르게 하는 선에서 사태를 수습했다.

김수동의 말 중에 '기양技癢'이란 표현이 나온다. '기양伎癢'이라고도 한다. 양癢은 가려움증이다. 기양은 일종의 표현욕인데, 그중에서도 아주 강렬한 욕구다.

형가荊軻가 진시황 암살에 실패한 후 친구였던 악사 고점리高漸離는 신분을 감추고 진나라로 가서 고용살이를 했다. 몇 년을 고생스레 일했다. 어느 날 주인집에 온 손님이 축筑을 연주했다. 솜씨가 형편없었다. 고점리는 기양을 못 이겨 저도 몰래 그 연주에 대해 평을 했다. 다른 하인이 주인에게 고하자, 주인이 그를 불러 축을 연주하게 했다. 그는 간직해둔 악사의 정복을 입고 나가 놀라운 연주를 선보였다. 그날로 그는 일약 스타가 되었다. 마침내 진시황의 악사가 되어 궁중에 들어갔다. 형가를 이어 황제 곁에서 악기를 연주하다가 그것으로 황제를 격살하려다 미수에 그쳐 참혹한 죽음을 당했다.

《안씨가훈顔氏家訓》에서는 고점리의 이야기를 소개한 후 "기양은 재주를 품어 속이 근질근질한 것이다"라고 풀이했다. 기양은 참을 수 없는 가려움증이다. 저것도 솜씨라고, 아이고 답답해라, 내 솜씨를 한번 보여줘? 하는 안타까움 끝에 터져나온 것이다. 어찌 보면 최고의 예술은 기양의 소산이다. 표현하지 않고는 내가 도저히 살 수가 없다. 한바탕 시원하게 풀어놓아야 숨도 제대로 쉬어지고, 비로소 살아 있음을 느낀다. 이런 갈증 하나 없이 공장에서 물건 찍어내듯 하는 얕은 재주와 허튼 재간만 세상에 넘쳐난다.

장광설

화랑 응렴膺廉이 왕위에 올랐다. 신라 48대 경문왕이 바로 그다. 왕이 되고 나서 이상한 일이 벌어졌다. 밤마다 침전에 뱀떼가 몰려들었다. 궁인들이 놀라 몰아내려 하자 왕이 말했다. "과인은 뱀이 없으면 잠을 편히 못 잔다. 놔두어라." 게다가 왕은 잘 때마다 혀를 내밀고 잤다. 혀가 어찌나 길고 넓은지 배를 온통 덮을 정도였다. 귀도 길어져서 당나귀 귀가 되었다.

흔히 뱀의 혀가 왕의 배를 덮었다고 해석하지만, 원문을 보면 왕의 혀라야 맞다. 배를 덮을 정도로 길고 넓은 혀는 한자로 하면 장광설長廣舌이다. 그런데 이 장광설은 석가모니 부처님의 남

다른 32가지 신체적 특징 중의 하나다. 부처님의 혀는 얇고도 부드러워 길게 내밀면 얼굴을 감싸고, 혀끝은 귀 털의 가장자리까지 이르렀다고 한다. 길고 넓은 혀는 뛰어난 지혜, 대단한 웅변의 상징이다. 소식蘇軾의 시에 "냇물 소리 그대로 장광설이니, 산 빛어이 청정한 몸이 아니랴〔溪聲便是廣長舌, 山色豈非淸淨身〕"라고 한 것도 바로 이 뜻이다.

경문왕이 장광설의 소유자였다는 말은 석가모니 부처님 같은 지혜자였다는 뜻일까? 그런데 그는 자신을 지켜주는 세력이 곁에 있을 때만 그 혀를 내밀었다. 아직 자신의 지혜를 드러내 보일 때가 아니었던 것이다.

그러면 뱀떼는? 왕실의 기반이 취약한 자신을 지켜주기 위해 밖에서 데려온 호위 세력들이었을 게다. 자신이 궁궐에 들어오기 전에 거느렸던 화랑도였을 터. 《삼국유사》에서 뱀은 늘 왕권을 수호하는 존재로 등장한다.

그는 복두장이가 외친 뒤로 임금님 귀는 당나귀 귀라고 수군대는 도림사道林寺 대숲에서 대나무를 베어냈다. 대신 사악한 기운을 몰아내는 산수유나무를 심는 지혜를 발휘했다. 그러자 숲은 우리 임금님은 귀가 길다고 소문을 퍼뜨리기 시작한다. 당나귀 귀는 우스꽝스럽지만 긴 귀는 귀인의 상이 아닌가. 비등하던 악의적 여론을 세력 교체로 교묘하게 잠재웠다.

높은 지혜를 나타내는 의미로 쓰이던 장광설이란 표현이 어느 때부터인지 끝도 없이 말만 많은 수다의 의미로 변했다. 선거철

이 되면 주변이 온통 시끄럽다. 너나없이 떠드는데 건질 말이 없다. 함부로 멋대로 무책임하게 떠드는 말은 장광설이 아니다. 다변多辯과 요설饒舌은 저만치 던져두고, 지혜로 빛나는 거침없는 장광설을 듣고 싶다.

습용관

이덕무가 집안 조카 이광석李光錫에 대해 말한 글이 인상적이다. 그는 길을 갈 때 제 그림자를 밟지 않았다. 아침에는 길 왼쪽으로 가고 저녁에는 오른편으로 갔다. 갈 때는 반드시 두 손을 모으고 척추를 곧추세웠다. 자세가 한 번도 흐트러지는 법이 없었다. 《사소절士小節》에 나온다.

다산 정약용이 과거에 급제했다. 채제공蔡濟恭이 축하차 그의 집에 들렀다. 반나절 머물며 여러 손님과 묻고 대답하는데, 앉은 방향이 처음에서 한 치도 변하지 않았다. 한번은 나랏일로 조정 대신들이 한자리에 모였다. 조금 지나자 좌우에서 몸을 비틀거나 등을 기대며 우두둑 우두둑 뼈 소리를 냈다. 채제공만 두 무릎을 땅에 딱 붙이고 무쇠로 빚은 산악같이 앉아 있었다. 이 두 번의 관찰로 다산은 한 시대의 중심에 섰던 거인의 풍모를 웅변했다.

평상의 몸가짐에서 그 사람의 무게와 교양이 드러난다. 집에서 새는 바가지가 밖에서 온전할 리 없다. 제 버릇 남 못 주니, 놀던 대로 놀고 하던 대로 하다가 망신을 당한다. 평소의 수양과 노력 없이는 입장과 처지가 바뀌어도 적응이 어렵다.

정조가 초계문신抄啓文臣을 시험할 때 일이다. 조정 예절이 익지 않아 임금 앞에서 허둥지둥 잘못이 많았다. 보다못한 임금이 따끔하게 한마디 했다.

"조정은 엄숙하고 경건해야 할 곳이다. 나아가고 물러나며 꿇어앉고 절할 때 모두 법도가 있는 법. 너희가 어찌 '습용관習容觀' 이란 세 글자를 모르느냐. 처음 관직에 나올 때는 더더욱 조심해야 한다. 심상尋常한 예절조차 이처럼 무질서하니 앞으로 어찌 관직에 임하겠는가? 살피고 조심하여 다시는 몸가짐을 잃지 않도록 하라."

'습용관'은 《예기禮記》 〈옥조玉藻〉에 나온다. 조복朝服을 입고는 용모와 의관을 익혀 연습한 뒤에 공소公所에 나아간다는 뜻이다. 모르는 것은 묻고 낯선 것은 익혀야 직임을 다할 수 있다. 몸가짐이 장중해야지 경망해선 못 쓴다. 의욕만 앞서 나부대고 설치기만 하면 실속도 없이 비웃음만 산다. 태산교악泰山喬嶽 같은 무게는 습용관에서 비롯된다.

정조는 1786년 4월 초계문신에게 시험을 보이면서 아예 '습용관'을 시험 제목으로 내걸기까지 했다. 정신을 바짝 차리라는 뜻이었다.

오리상공

1573년 오리梧里 이원익李元翼(1547~1634)이 서장관書狀官으로 연경에 갈 때 일이다. 큰 내를 건너며 중인과 역관들이 맨발로 담여를 멨다. 역관들이 중국말로 투덜댔다. "지위가 낮은 이런 녀석까지 우리가 메야 하다니 죽겠구먼." 연경에 도착해서 중국 관원과 문답할 때, 오리가 역관 없이 유창한 중국어로 대화했다. 역관들이 대경실색했다.

그의 집은 어의동於義洞과 대동臺洞 사이에 있었다. 채벌이 금지된 소나무를 베던 소년이 산지기에게 붙들렸다. 근처 허름한 집 마당에 늙은이가 해진 옷을 입고 앉아 자리를 짜고 있었다.

"여보, 영감! 내일 끌고 갈 테니 이 아이를 잘 붙들어두오. 놓쳤다간 되우 경을 칠 줄 아오." 산지기가 가고 아이가 울었다. "왜 안 가고 거기 있니?" "제가 달아나면 할아버지가 혼나잖아요?" "나는 일없다. 어서 가거라." 이튿날 산지기가 와서 아이를 내놓으라고 야료를 부리다가, 의정부 하인에게 혼이 나서 돌아갔다. 당시 그는 영의정이었다.

그는 수십 년을 재상 자리에 있으면서 험난한 국사를 원만하고 합리적으로 처리해 모든 이의 존경을 한 몸에 받았다. 막상 그는 턱이 뾰족하고 콧날이 불그레하며, 주근깨가 많은 볼품없는 외모였다. 다산은 그의 화상畵像에다 이런 찬讚을 남겼다. "사직의 안위가 공에게 달렸고, 백성은 공 때문에 살지고 수척해졌다. 외적이 공으로 인해 진퇴가 결정되고, 기강이 공을 통해 무너지고 정돈되었다."

84세 때 인조가 승지를 보내 위문했다. 그 거처에 대해 묻자, "띠집이 낡아 비바람도 못 가릴 지경입니다"라는 대답이었다. "재상 40년에 몇 칸 모옥뿐이란 말인가?" 모든 이가 그 청렴함을 보고 느끼라는 뜻으로 나라에서 직접 집을 지어주었다. 이 집이 경기도 광명시 소하동의 관감당觀感堂이다.

그의 좌우명은 "뜻과 행동은 나보다 나은 사람과 견주고, 분수와 복은 나보다 못한 사람과 비교한다"였다. 그의 수많은 일화에는 모든 이의 한결같은 존경이 담겨 있다. 오늘에는 어째서 이런 큰 어른 만나보기가 힘든가.

살풍경

당나라 때 이상은李商隱의 《잡찬雜纂》에 '살풍경殺風景' 시리즈가 나온다. 못 봐줄 꼴불견을 여럿 나열했다. 책마다 내용이 조금씩 다른데 다 모아보니 이렇다.

첫 번째가 '송간갈도松間喝道', 소나무 숲길에 갑자기 '물렀거라' 외치며 등장한 벼슬아치다. 운치 없는 녀석!

두 번째는 '간화루하看花淚下'다. 꽃 보다 말고 눈물은 왜 짜나?

세 번째가 '태상포석苔上鋪席', 즉 이끼 위에 자리 깔기다. 그냥 앉지.

네 번째는 '작각수양斫却垂楊', 시선을 가린다고 수양버들을 베는 행위다. 몰취미하기는!

다섯 번째는 '화상쇄곤花上曬裩', 꽃 위에 속옷 널어 말리기다. 만행이 따로 없다.

여섯 번째는 '유춘중재游春重載', 먹을 것 잔뜩 싣고 나서는 봄나들이다. 몸만 가지.

일곱 번째가 '석순계마石筍繫馬', 종유석 기둥에 말고삐를 묶는 짓이다. 부서지면 어쩌려고.

여덟 번째는 달빛 아래 횃불 드는 '월하파화月下把火'다. 하나마나한 짓.

아홉 번째는 '기연설속사妓筵說俗事', 기생과 노는 술자리에서 세속사 말하기다. 못난 놈!

열 번째는 '과원종채果園種菜', 과수원에 배추 심기다. 흐이구!

열한 번째가 '배산기루背山起樓'다. 으리으리한 누각에 가려 정작 산이 안 보인다. 참 잘났다!

열두 번째는 '화가하양계압花架下養鷄鴨', 꽃시렁 아래 닭오리 기르기다. 아, 시끄러워!

열세 번째는 '청천탁족淸泉濯足', 맑은 물에 발 씻기다. 저는 시원하겠지.

열네 번째는 '분금자학焚琴煮鶴', 거문고 때서 학 삶기. 무식한 자식!

열다섯 번째는 '대화철다對花啜茶', 꽃 보며 차 마시기다. 꽃구경이나 하지.

그래도 이런 것은 애교가 있어 오늘의 각종 살풍경에다 대면 애교에 가깝다.

이상은의 《잡찬》에는 '불상칭不相稱', 즉 걸맞지 않은 일 시리즈도 있다. 병이 든 의원, 글자 모르는 선생, 푸줏간에서 염불하기와 창가娼家 찾는 늙은이, 어깨가 떡 벌어진 신부新婦 등등. 하지만 이런 것은 이해 못할 일은 아니다. 아! 살풍경스럽지 않은 세상에서 살고 싶다.

수경신

중국의 관광기념품점을 가면 흔히 세 마리 원숭이를 새긴 나무 조각을 볼 수 있다. 각각 입과 눈과 귀를 가렸다. 일본의 신사에 가도 세 마리 원숭이 조각상을 자주 본다. 인사동에서도 심심찮게 보았다.

설명을 청하면 대뜸 시집살이 벙어리 3년, 귀머거리 3년, 장님 3년이란 뜻이라고 설명한다. 좀 더 고상한 축은 《논어》의 "예가 아니면 보지를 말고, 듣지도 말며, 말하지도 말라"는 구절을 일러준다. 그런데 왜 하필 원숭이인가?

사실 이 조각상은 예전 민간 도교의 수경신守庚申 신앙에서 나왔다. 우리 몸에는 삼시충三尸蟲이란 벌레가 있다. 요놈은 몸속에 숨어 주인이 하는 과실을 장부에 기록해둔다. 그러다가 60일에 한 번씩 경신일 밤이 되면 주인이 잠든 틈에 몸에서 빠져나가 옥황상제께 그간의 죄상을 낱낱이 고해바친다. 그러면 지은 죄만큼 감수減壽, 즉 수명이 줄어든다.

다만 삼시충은 치명적인 약점이 있다. 주인이 잠을 안 자면 절대로 몸에서 빠져나가지 못한다. 그래서 경신일 밤마다 사람들은 함께 모여 술 마시고 놀면서 밤을 새웠다. 삼시충의 고자질을 원천봉쇄하겠다는 뜻이다. 경신庚申의 신申이 잔나비, 즉 원숭이여서 삼시三尸를 삼원三猿으로 대체했다. 눈, 코, 입을 막아 설령 하늘에 올라가더라도 고자질을 못하게 한 것이다.

고려 중기 이후《고려사》와《조선왕조실록》의 경신일 기사를 보면 거의 예외 없이 "왕이 밤에 신하들과 잔치하였다"거나 죄수 사면 기사가 뜬다. 연산군은 아예 삼시충에 대한 시를 지어, 신하들에게 차운시次韻詩를 제출하도록 숙제를 내기까지 했다. 수경신 행사를 노래한 한시도 적지 않다. 죄를 안 짓고는 못 살겠고, 일찍 죽기는 싫어서 아예 삼시충을 영구 박멸하는 방법도 여러 가지로 고안되었다.

이 수경신 신앙이 가장 성행한 곳은 일본이다. 지금도 일본의 사찰에 가면 귀 막고 눈 막고 입 막은 세 마리 원숭이 상을 도처에서 만날 수 있다. 여러 해 전 조선통신사길 답사차 이키섬에 들렀을 때 그곳에 원숭이신사가 있다기에 일부러 찾아갔다. 세상에, 신사 어귀에서부터 보이기 시작한 세 마리 원숭이 상이 신사 전체에 수백 세트나 늘어서 있었다. 모양도 같지 않고, 그 위에 세월의 흔적까지 얹혀 자못 장관이었다.

선달그믐밤에 잠을 자면 눈썹이 하얗게 쇤다는 속신도 다 이런 민간 도교 신앙에서 나왔다. 눈썹이 쇤다는 것은 늙는다는 의미다. 결국은 수명이 줄어든다는 뜻이다. 하기야 선달그믐밤에 부뚜막의 조왕신竈王神이 주인이 잠든 사이에 하늘로 올라가면 1년치 죄상을 다 보고하게 될 테니, 그야말로 10년쯤 감수할 일이 아닌가. 그러게, 평소에 좀 착하게 살지.

국화 노인

'김노인'이란 이가 있었다. 국화를 잘 심어, 꽃 피는 시기를 마음대로 조절했다. 손톱만 한 것부터 엄청나게 큰 것까지 자유자재로 피워냈다. 옻칠한 것처럼 검은 국화뿐 아니라, 한 줄기에 여러 색깔의 꽃을 동시에 피워낼 수도 있었다. 그의 국화는 다른 사람 것보다 몇 배 비싼 값에 팔려, 그는 이것으로 생계를 꾸려나갔다. 강이천姜彝天(1768~1801)의 《이화관총화梨花館叢話》에 나오는 이야기다.

18세기 조선에서는 국화 재배 붐이 크게 일었다. 《국보菊譜》, 《예국지藝菊志》, 《동리중정東籬中正》 등 국화 재배 방법과 품종을 소개한 책들의 인기도 높았다.

사정이 이렇다 보니 비싼 돈을 들여 일본과 중국에서 귀한 국화 신품종을 경쟁적으로 들여왔다. 특히 백학이 날개를 활짝 편 듯 우아한 자태의 백학령白鶴翎 품종의 인기가 가장 높았다.

다산 정약용은 국화는 적어도 48종류쯤은 돼야 구색을 갖췄다고 할 만하다며 국화 애호의 변을 펼쳤다. 여름에는 잎새를 살피고, 가을에는 꽃을 음미하며, 낮에는 자태를 보고, 밤에는 그림자를 감상한다고 했다. 친구들을 불러 방 안에 놓아둔 국화 화분 앞에서 등불을 멀게 가깝게 움직이며 흰 벽에 어리는 국화 그림자의 환상적인 자태를 감상하는 국영회菊影會 모임을 열고, 이를 글로 남기기까지 했다.

서유구徐有榘(1764~1845)의 《임원경제지林園經濟志》를 보니, 앞서 이야기한 김노인의 검은 국화와 한 가지에서 여러 빛깔의 국화를 피우는 비법이 실려 있었다.

흰 국화의 몽우리가 부풀기 전에 젖으로 먹을 갈아 칫솔에 묻혀 뿌린다. 꽃이 피면서 이슬과 함께 먹물이 배어 검은색 국화로 피어난다. 노란 국화에 유황 연기를 쐬면 연기를 쐰 송이만 하얗게 탈색이 된다. 이렇게 해서 한 줄기에서 두 가지 빛깔의 꽃을 피웠다. 화분 하나에 3색 또는 4색 국화도 자유자재로 피워냈다. 모두 상품의 경쟁력을 높이기 위한 방편이었다. 그만큼 국화는 부가가치가 높은 상품이었다.

다른 꽃이 잎을 떨구는 서리 가을에 국화는 비로소 꽃을 피운다. 그 매운 향기에서 역경에 처한 군자의 몸가짐을 떠올렸던 옛 사람의 흥취에 흠뻑 빠져보는 것도 가을을 풍성하게 나는 한 방법이지 싶다.

발합고금

18세기 이후 조선에 불어닥친 웰빙 붐을 타고 한동안 관상용 비둘기 사육이 성행했다. 버클리대학에서 발견된 유득공柳得恭(1748~1807)의 《발합경鵓鴿經》은 발합, 즉 관상용 비둘기 사육에 필요한 정보를 갈래별로 정리한 책이다. 생김새에 따라 이름도 갖가지다. 전신이 흰 전백全白이, 승려의 가사 빛깔 같은 중〔僧〕, 목에 염주를 두른 듯한 전항백纏項白, 까만 점이 있는 점오點烏 등 23종이나 되는 이름을 소개했다.

비둘기 사육은 당시 재테크의 한 방편으로 인기가 있었던 듯하다. 최근 번역 출간된 이옥李鈺(1760~1815)의 《백운필白雲筆》에도 새장 기둥에 산 모양을 새겨넣고 수초 그림을 그리고는 구리 철사로 망을 만들어 한 조롱의 값이 수천 전씩이나 한다고 적었다. 점모點毛란 품종이 제일 비싸 한 쌍 가격이 100문이 넘었다. 은퇴한 재상이나 부잣집 젊은이들이 울타리를 치장해놓고 집에서 기르곤 하는데, 지붕에 비둘기들이 줄지어 앉아 있는 것을 보면 주인이 속물처럼 보인다고 적었다. 비둘기장의 사치스러움은 말할 것도 없고, 심지어 꼬리에 쇠방울과 붉은 깃털 장식의 시치미까지 매달아주었던 모양이다.

김광섭 시인은 1968년 〈성북동 비둘기〉에서 "사람 가까이 / 사람과 같이 사랑하고 / 사람과 같이 평화를 즐기던 / 사랑과 평화의 새 비둘기는 / 이제 산도 잃고 사람도 잃고 / 사랑과 평화의 사상까지 / 낳지 못하는 쫓기는 새가 되었다"고 노래했다. 성북동에 채석장이 들어서면서 졸지에 보금자리를 잃게 된 비둘기를 연민한 내용이다. 그로부터 다시 50년이 지나 이제 도심 비둘기는 유해 야생동물로 지정되어 아예 퇴치 대상이 되었다. 알을 뺏고 굶겨서라도 우리 주변에서 몰아내겠다는 것이다.

평화와 화합을 상징하던 이 새가 오늘날 이토록 천덕꾸러기가 될 줄이야 누가 알았겠는가? 하기야 기쁜 소식을 상징하던 까치가 애물단지가 된 지도 이미 오래다. 척박한 도시 환경에서 살아남으려 했을 뿐인 비둘기의 입장에서도 할 말이 없지는 않을 터. 같은 비둘기를 놓고 시대에 따라 대접이 하늘과 땅 차이로 달라진 것을 보니 생각이 참 많아진다.

수이강

1668년 현종이 74세의 원로대신 이경석李景奭(1595~1671)에게 궤장几杖, 즉 의자와 지팡이를 하사하며 잔치를 베풀어주었다. 당시 잔치 장면을 그린 세 폭 그림이 보물 930호로 지정되어 남아 있다.

우암尤庵 송시열宋時烈(1607~1689)은 이 잔치에 초대받았지만 건강을 이유로 참석하지 않았다. 이경석은 글이라도 보내 기록으로 남겨달라고 부탁했다. 우암은 이경석이 궤장을 하사받게 된 경과를 담담히 적고, 국가에서 원로를 예우하는 미풍을 칭송했다. 이경석은 1650년 효종의 북벌 계획이 밀고로 청에 알려졌을 때, 목숨을 걸고 책임을 자청하여 청에 의해 백마산성에 위리안치된 일이 있었다. 우암은 이 일을 적고 나서, "이로부터 임금께서 공을 더욱 융숭히 알아주었고, 선비들의 마음도 더욱 그를 붙좇게 되었다. 하늘의 보우하심을 받아 장수하고 건강하여(壽而康), 마침내 우리 성상께 은혜로운 예를 받게 된 것은 이 때문이다"라고 덕담했다.

그런데 글 가운데 '장수하고 건강하여'란 표현이 문제가 되었다. 예전 송나라 흠종欽宗이 금나라 진영에 구금되었을 때, 손적孫覿이 오랑캐인 금을 칭송하는 글을 바쳐 풀려난 일이 있었다. 이 일을 두고 당시 사람들이 "당신이 오랑캐 진영에서 천리에 순종하여 자기를 몹시 위하였으니 장수하고 건강한 것이 당연하다"고 기롱했다. 주자가 손적의 일을 기록하면서 따로 인용했던 구절이다.

이경석은 병자호란 당시 청 태종의 공덕을 칭송한 치욕적인 삼전도 비문을 지은 장본인이었다. 우암은 이 축하의 글에 손적과 관련된 '수이강壽而康'의 세 글자를 의도적으로 집어넣어, 자신의 이경석에 대한 불편한 마음을 내색했던 것이다. 웃음 속에 칼을 감춘 모질고도 무서운 글이다. 나라의 존망이 달린 위급한 때에 그인들 그 글을 쓰고 싶어 썼겠는가? 송시열이 조정에 나간 것은 애초에 이경석의 천거에 의해서였다.

원효 스님의 법어 중에 이런 말이 있다. "참기 어려운 것을 능히 참는 것이 보살의 행함이요, 말할 수 있는데도 말하지 않는 것이 대인의 마음이다(難忍能忍菩薩行, 可言不言大人心)." 매들린 올브라이트 미국 전 국무장관이 브로치로 자신의 의중을 전달하고 상대에게 휘둘리지 않겠다는 자기암시의 수단으로 썼다는 기사를 보다가 뜬금없이 왜 이 생각이 났는지 모르겠다.

정조의 활쏘기

박제가의 〈어사기御射記〉를 읽었다. 정조가 1792년 10월과 11월에 한 활쏘기 기록을 적은 글이다. 정조는 보통 한 번에 10순巡을 쏘았는데, 1순은 화살 다섯 대다. 과녁 안을 맞히면 1점, 과녁 중앙의 정곡正鵠을 맞히면 2점으로 계산해서, 정조는 보통 70점 이상 80점을 맞혔다. 과녁을 벗어난 화살은 한 대도 없었다. 어느 날은 20순을 쏘아 153점을 얻기도 했다. 대단한 활솜씨다.

자신의 점수가 계속 향상되자 정조는 정곡의 크기를 조금씩 줄여가며 연습의 강도를 높였다. 접부채나 곤장에 종이를 붙여 정곡으로 삼기도 했다. 장혁掌革, 즉 손바닥 크기의 가죽이나 그

보다 작은 베조각을 정곡으로 삼아 연달아 다섯 대를 맞힌 일도 있다.

정조는 늘 50대의 화살에서 마지막 한 대는 쏘지 않은 채 활쏘기를 마쳤다. 왜 쏘지 않았을까? 제왕으로서 겸양의 미덕을 보이기 위해서였다. 마지막 한 대를 아껴, 끝까지 가는 대신 여운으로 남겨둔 것이다. 《서경》에서 "겸손은 더함을 받고, 교만은 덜어냄을 부른다(謙受益, 滿招損)"고 한 말이 바로 이 뜻이다.

기록이 월등히 우수한 날, 왕은 신하들에게 차등 있게 문방구 등의 상품을 내려주었다. 신하들은 글을 올려 감사를 표했다. 임금은 《시경》의 한 구절을 들어, 저마다 직분에 힘을 쏟아 상 없이도 나라의 기강이 굳게 세워져서 임금의 마음이 편안하게 되기를 바라노라는 덕담을 내렸다. 국왕의 활쏘기 자리는 늘 이렇게 임금과 신하 사이에 백성을 향한 마음을 다지는 다짐으로 끝맺었다. 성대聖代의 아름다운 풍경이다. 신하들은 이 광경을 그림으로 그리고 글로 써서 벽에 걸어, 임금이 신하를 아끼는 마음과 이 거룩한 조정에서 임금을 가까이 모시는 영광을 기념했다.

채울 수 있지만 조금 비워둔다. 막판까지 가서 끝장을 보지 않는다. 활쏘기 하나에도 교만을 경계하고 겸손과 아량을 담아, 군신간의 기강을 세우고 백성을 아끼고 사랑하는 마음을 나눴다.

조조의 가짜 무덤

1748년, 청나라 건륭乾隆 황제 13년 때 일이다. 장하漳河에서 고기 잡던 어부가 물속에 잠수했다가 허리가 잘린 채 물 위로 떠올랐다. 황제는 수만 병졸을 풀어 물줄기를 돌리고 강바닥을 드러냈다. 놀랍게도 바닥에는 화살이 장착된 1만여 개 쇠뇌가 널려 있었다. 그 아래 무덤 속에는 수은으로 꾸민 바다에서 물오리가 떠다녔다. 관 속에서 황제의 면류관과 복장을 갖춘 시신이 나왔다. 조조의 유해였다. 건륭 황제는 관운장 사당에 모셔진 유비의 소상 앞에 조조의 시신을 무릎 꿇게 하고 참수했다. 믿거나 말거나, 박지원의 《열하일기》 〈구외이문口外異聞〉 중 '조조수장曹操水

葬' 조에 나오는 이야기다.

청나라 포송령蒲松齡의 《요재지이聊齋志異》에도 조조의 수중무덤에 관한 글이 나온다. 허성許城 밖 강가 벼랑에는 물결이 늘 세찼다. 한여름에 어떤 사람이 멱 감으러 들어갔다가 마치 칼로 베인 것처럼 잘린 시체로 떠올랐다. 이 소식을 들은 고을 관리가 상류를 막아 바닥을 드러냈다. 벼랑 아래 깊은 동굴이 있었다. 동굴 중간에 바퀴를 설치해두었는데, 그 위에 예리한 칼날이 늘어서 있었다. 제거하고 들어가니 조맹덕曹孟德이라고 적힌 비석이 나왔다. 관을 부수고 뼈를 흩은 뒤 함께 묻힌 금은보화를 다 가져갔다.

조조의 '진짜' 무덤은 벌써 진작에 여러 번 발견되었던 셈이다. 조조가 자신의 무덤이 훼손될 것을 염려한 나머지 가짜 무덤 72개를 만들었다는 주장은 예전부터 호사가들의 단골 메뉴로 각종 여러 이야기를 만들어냈다. 2009년 12월 중국 허난河南성 안양安陽시 안평安豊향에서 조조의 진짜 무덤이 발견되었대서 화제였다. 하지만 이것도 진짜니 가짜니 말만 무성하다.

정작 공식 역사서에 남은 유언에서 조조는 자신의 무덤 안에 금은보화조차 넣지 말고 소박한 장례를 치르라고 했다. 그런데 어째서 이런 소문이 돌았을까? 인간에 대한 평가는 접어두고라도, 막대한 군자금을 도굴로 충당했던 자신의 경험에 비춰, 제 무덤만은 절대로 그런 욕을 당할 수 없다는 집착 때문이었다는 것인데, 2009년에 발견되었다는 것도 정작 알맹이는 다 털린 빈

무덤뿐이었다. 권세는 덧없고, 인간의 집착은 허망하다. 내려놓지 못한 탐욕이 죽어서까지 화를 부른다. 영원한 부귀영화는 세상 어디에도 없다.

문두루 비법

668년(문무왕 8), 신라의 운명은 한 치 앞을 가늠할 수 없었다. 고구려를 멸망시킨 기쁨도 잠깐, 당나라 군대는 전쟁이 끝나고도 돌아갈 기미를 보이지 않았다. 내친김에 신라까지 쳐서 아예 한반도 전체를 복속시킬 기세였다. 문무왕은 기습적인 선제공격으로 이를 막았다. 당나라가 배은망덕이라며 발끈했을 것은 불 보듯 뻔한 일. 670년 당 고종은 장수 설방薛邦에게 50만 대군을 주어 신라를 침공케 했다.

당나라 군대의 침공을 앞두고 전전긍긍하던 왕에게 명랑明朗 법사는 낭산狼山 남쪽 신유림神遊林에 사천왕사四天王寺를 창건하고 법도량을 베풀 것을 주문했다. 사정이 몹시도 급박했다. 당의 대군을 실은 배들이 몰려와서 벌써 가까운 바다를 가득 덮고 있었다.

명랑은 채색 비단을 둘러 임시변통으로 없던 절을 만들었다. 오방신상五方神像은 풀로 엮어 대신했다. 그러고는 단 위로 올라가 문두루文豆婁 비법을 베풀었다. 문두루의 위력은 놀라웠다. 난데없는 바람과 파도가 당나라 50만 대군을 실은 배를 일제히 침몰케 해 몰살시켰다.

문두루는 밀교의 결인訣印을 뜻하는 범어 무드라Mūdra의 음역이다. 《불설관정복마봉인대신주경佛說灌頂伏魔封印大神呪經》에 구체적인 방법이 보인다. 문두루 비법은 국가적 위난과 재액을 당했을 때 중앙에 높게 단을 설치하고, 단 위에서 방위에 따라 각종 진언을 베푸는 대단히 장엄하고 거창한 의식이었다. 이후 당나라에서 신라를 결코 얕잡아볼 수 없도록 만든 것이 바로 이 사천왕사의 문두루 도량이었다.

2009년 국립경주박물관에서 사천왕사 특별전을 개최했다. 여러 해 계속해온 발굴조사를 망라하는 전시가 되었다. 여기저기 흩어져 있던 녹유전綠釉塼(녹색 유약을 입혀 구운 벽돌판) 부조상浮彫像의 파편들도 비로소 한자리에 다시 모였다. 상반신과 하반신이 따로 보관되어 있던, 투구 쓰고 갑옷 입고 화살과 칼을 든 채 악귀를 깔고 앉은 수호신상들이 90여 년 만에 합체되어 제 모습을 되찾은 것이다.

안팎의 국가적 위난을 한마음으로 물리쳤던 사천왕사 문두루 도량의 상징성이 새삼스러운 요즘이다. 그 도량터 부조상의 합체를 계기로 흩어졌던 마음들이 하나로 되모이고, 뒤숭숭한 나라 안팎의 시름도 씻은 듯이 가라앉았으면 좋겠다.

호질

〈호질虎叱〉은 《열하일기》에 실려 있다. 북경으로 향하는 길목인 옥전현玉田縣을 지날 때, 심유붕沈有朋이란 이의 점포 벽에 걸려 있던 것을 베꼈다는 글이다.

작품 서두에서 범은 영특하고 거룩하고 문무를 갖췄으며, 자애와 효성, 지혜와 어짊을 지닌 용맹하고 웅장한 천하무적의 존재로 그려진다. 그런데 바로 뒤이어 그 범조차 꼼짝 못하고 쩔쩔매는 존재들이 등장한다. 비위狒胃와 죽우竹牛, 자백玆白과 맹용猛㺎 같은 짐승들이 그것이다. 범이 사람을 잡아먹으면 그 넋이 창귀倀鬼가 되어 범의 하수인 노릇을 한다. 그들의 이름은 굴각屈閣,

이올彝兀, 육혼鬻渾 등이다. 무슨 말인가?

범의 앞에 붙은 수식어는 청나라 황제의 존호尊號 앞에 붙는 표현을 조금 바꿔 조합했다. 범은 청나라 황제의 은유다. 그 대단한 범조차 두려워 떨게 만드는 비위와 죽우, 맹용 같은 짐승들은 티베트, 몽골, 신장 등의 북방 이민족이다. 범의 하수인 노릇을 하는 창귀는 한족의 지식인들이다.

작품은 범이 밤중에 사람 고기를 먹으러 산을 내려왔다가 위선적 지식인인 북곽 선생을 만나 그 가증스러운 요설에 일장 훈계로 일갈하고, 더럽다며 먹지도 않고 떠나버린다는 내용이다. 연암은 작품 뒤에 따로 한 편의 글을 더 남겨, 당시 청나라의 고민을 겹쳐 읽었다.

《열하일기》〈반선시말班禪始末〉에서는 티베트불교 지도자인 판첸(班禪) 라마에게 몸을 낮춰 경배하는 청나라 황제의 속내를 꿰뚫어보았다. 황제가 열하까지 온 것은 "뇌를 누르고 앉아 몽골의 멱통을 틀어쥐려는 것일 뿐"이라고 분석했다. 또 "티베트(西番)는 특히나 사납고 추악해서 괴수처럼 기괴하니 두렵다. 회자回子는 옛날의 위구르(回鶻)인데 더더욱 사납다"고도 했다. 당시 청나라가 이들 북방 민족을 자신들의 통제력 안에 두기 위해 얼마나 고심하고 있었는지 연암은《열하일기》곳곳에서 명쾌하게 풀어보였다.

당시 청나라의 이와 같은 고민은 여러 해 전에 개최된 베이징 올림픽 당시의 티베트 사태나, 위구르 자치주 우루무치에서 잇

달아 발생한 유혈 사태에서 보듯 현재까지도 진행형이다. 몽골, 티베트, 신장은 여전히 중국의 화약고다. 단 한 번의 여행으로 당시 국제정세의 행간을 탁월하게 읽어낸 연암의 혜안이 새삼 놀랍다.

호곡장

요동벌로 첫발을 내디딘 연암 박지원이 끝없이 펼쳐진 벌판을 보며 내지른 일성은 "좋은 울음터다. 한바탕 울 만하구나"였다. 곁의 정 진사가 이 좋은 구경 앞에서 웬 울음 타령이냐고 퉁을 준다. 연암은 예의 너스레로 울음에 대하여 장강대하와 같은 웅변을 토해냈다. 이 글이 저 유명한 《열하일기》 〈호곡장론好哭場論〉이다.

가슴속에 답답하게 쌓인 것을 풀어내는 데는 소리보다 빠른 것이 없고, 사람이 내는 소리 중에 울음보다 직접적인 것이 없다. 갓난아기는 왜 태어나면서 고고呱呱의 울음을 터뜨리는가? 앞으로 살아갈 인생의 근심 때문에? 천만에! 갓난아기는 통쾌하고 시원해서 운다. 그는 열 달 동안 엄마 배 속에서 캄캄하고 답답했다. 팔다리를 조금만 내뻗어도 태에 가로막혔다. 그러다가 하루아침에 드넓은 곳으로 나와 손과 발을 마음껏 쭉 뻗어도 더 이상 아무 걸리는 것이 없다는 것을 알았을 때, 그 통쾌한 마음이 참된 소리가 되어 한바탕 울음으로 터지는 것이다. 이 울음이야말로 일체의 거짓이 배제된 진정한 울음이 아닌가?

그러면서 연암은 자신도 이 요동벌에서 갓난아기의 첫울음 같은 우렁우렁한 울음을 울고 싶다고 고백했다. 우리나라에서는 금강산 비로봉 꼭대기와 황해도 장연의 바닷가 백사장인 금사산金沙山 정도가 한바탕 통쾌하게 울 만한 곳이라고 덧붙였다.

일주일을 내처 가도 지평선에서 해가 떠서 지평선으로 해가 진다는 요동벌. 100리의 넓은 들판도 찾아보기 힘든 조선 땅에 갇혀, 사농공상士農工商의 신분으로 나뉘고 동서남북의 색목으로 갈라져 아웅대며 살다가, 비로소 문명의 세상으로 나아가는 설렘과 기대를 연암은 이렇게 요동벌의 한 울음에 담아냈다.

추사 김정희는 〈요동벌〔遼野〕〉이란 작품에서, 연암의 이 글을 떠올리며 노래했다.

천추의 커다란 울음터라니
재미난 그 비유 신묘도 하다.
갓 태어난 핏덩이 어린아이가

세상 나와 우는 것에 비유하였네.

千秋大哭場 戱喩仍妙詮

譬之初生兒 出世而啼先

예전 올림픽에서 프리스케이팅을 마친 후 김연아 선수가 울음을 터뜨렸다. 우는 모습을 처음 봤다는 기자의 물음에, 그녀는 "이제 모두 해냈다는 생각이 들자 속이 시원해져 눈물이 나온 것 같다"고 대답했다. 요컨대 그녀는 후련하고 통쾌했던 것이다. 같이 운 국민 모두도.

독서성

사랑채에서 할아버지와 함께 자던 소년은 새벽마다 청을 돋워 읽으시던 고문의 가락을 들었다. 눈을 감으면 그 소리는 어제 들은 듯 새록새록 평생을 따라다녔다. 한학자 손종섭 선생께서 생전에 들려주신 이야기다.

김도련 선생님께서 고문을 외우던 방법은 또 이랬다. "〈백이열전〉 읽은 것을 직접 녹음해두고, 밥 먹을 때도 듣고 책 보면서도 들었지. 자꾸 듣다 보면 글이 저절로 외워졌어. 의미는 늘 소리를 뒤따라왔네. 소리를 내서 읽어보면 대번에 좋은 글인지 나쁜 글인지 알 수가 있지. 좋은 글은 글자 하나하나가 빳빳이 살아 있고, 나쁜 글은 비실비실 힘이 없어 읽어도 소리가 잘 붙질 않는다네."

밤낮없이 낭랑하게 들려오는 옆집 총각의 책 읽는 소리에 마음이 설레 담장을 뛰어넘은 처녀들의 이야기는 옛글 속에 심심찮게 나온다. 꿈 많은 사춘기 소녀에게 울타리 너머 목소리의 주인공이 왜 궁금하지 않았겠는가? 아이들은 부모가 읽어주는 동화책에서 모국어의 리듬을 처음 익힌다. 동서양 할 것 없이 책은 으레 소리를 내서 읽는 것이었다. 묵독默讀은 요사스러운 행위로까지 생각되었다.

산사山寺에 틀어박혀 아랫배에 힘을 주고 삼동三冬 내내 책만 읽다가 내려온 젊은이는 눈빛이 반짝반짝 빛났다. 글을 지으면 겨우내 읽은 가락이 절로 붓끝을 타고 흘렀다. 글공부에서 소리 내 읽는 것보다 좋은 방법이 없다. 들숨 날숨의 자연스러운 흐름을 타면 좋은 글이다. 자꾸 꺽꺽하게 분질러지거나 목에 걸리면 나쁜 글이다.

몇 해 전 일본에서 《소리를 내서 읽어보는 일본어》라는 책이 몇백만 부나 팔려나갔다. 일본에 들른 길에 구해 보니 3책이 한 세트로 이름난 문장을 가려뽑아 성우와 유명 배우가 낭독한 CD가 함께 들어 있었다. 우리말과는 사뭇 다른 일본어의 가락이 친숙하게 다가왔다. 우리도 〈관동별곡〉이나 〈3·1독립선언문〉, 〈소나기〉 같은 작품을 녹음해 글과 함께 들려주는 책이 나온다면 크게 환영을 받을 것 같다.

책 읽는 소리를 좀체 들을 수 없더니, 전국에서 낭독성朗讀聲이 커져간다. 무척 반갑고 고마운 현상이다. 낭독은 모국어의 가락을 익히는 가장 효율적인 방법이다. 집집마다 책 읽는 소리가 들려오는 광경은 생각만으로도 마음이 설렌다.

표선문정

청나라의 해금海禁 정책이 풀리면서, 18세기 중반 이후 중국 배의 서남해안 표류가 부쩍 잦았다. 중국 배가 표착하면 나주 등 관할지역 목사는 문정관問情官을 파견해서 구호케 했다. 실정 파악 후 배가 부서졌으면 육로로, 배가 온전하면 고쳐서 수로로 돌려보냈다. 관련 기록만도 수십 건 전한다.

그런데 막상 현지의 사정은 달랐다. 문정관이 섬으로 건너오면 함께 온 아전들의 횡포가 이만저만이 아니었다. 섬 주민들이 수십 명에서 백여 명에 이르는 표류민에게 상당 기간 거처와 양식을 제공해도 관에서는 그 비용을 제대로 보상해주지 않았다.

나라에서 내려보낸 비용이 중간의 몇 단계를 거치고 나면 백성들의 손에까지 오지 않았다. 표류선 한 척이 들어오면 인근 여러 섬의 몇 년 경제가 결딴나는 판이었다.

형편이 이렇고 보니 표류선이 다가와 정박하려 하면 섬 주민들이 일제히 나와 칼을 뽑고 화살을 겨눠 죽이려는 기색을 보여 그들이 겁먹고 달아나게 만들었다. 암초를 만나 구조를 애걸해도 배가 침몰할 때까지 모른 체 내버려두었다. 배가 가라앉아 사람들이 다 죽으면 관에서 알기 전에 배와 배에 실린 화물을 은닉하거나 불을 질러버리기까지 했다.

문정관들의 일 처리도 졸렬하기 짝이 없었다. 18세기 후반 무장茂長 앞바다에 표류한 중국 배에는 수만 권의 서적이 실려 있었다. 문서가 있으면 베껴 적어 보고해야만 했다. 관리들은 문책을 면하려고 그 책을 모두 백사장에 파묻어버렸다. 다산의《목민심서》권 3,〈왕역봉공往役奉公〉제6에 실린 '표선문정漂船問情' 조에 나온다.

우리나라 배도 수없이 일본, 중국, 유구국琉球國(오키나와) 등으로 표류해갔다가 구조되어 돌아왔다. 하지만 우리 표류민들은 오히려 대접을 받고 일부는 위로금까지 챙겨서 생환했다. 19세기 초 제주 어부 고한록高閑祿 같은 자는 재미를 느껴 중국에 네 차례나 고의로 표류한 기록이 남아 있다. 제주 어부들은 외국에 표류하면 예외 없이 자신들이 제주 출신이라는 것을 숨기기에 바빴다. 예전 제주 관리가 구조를 요청하는 유구국 태자를 죽이고 재물을 탈취한 사건의 후환을 두려워했기 때문이었다.

태안과 신안 앞바다의 해저 유물선에서는 잊을 만하면 한번씩 고대 유물들이 쏟아져나온다. 유물 소식에 환호만 할 일이 아니라, 과거의 부끄러운 역사도 한번쯤 되돌아보아야 할 듯하다.

여송표인呂宋漂人

벌써 여러 해 전의 일이다. MBC에서 〈탐나는도다〉라는 주말 드라마를 방영했다. 17세기를 배경으로 제주 해녀 버진과 표류 난민인 영국 청년 윌리엄, 귀양 선비 박규, 동인도회사 직원인 일본인 얀이 벌이는 사랑 이야기였다. 문화충돌을 화두 삼아 좌충우돌하는 전개로 한때 시청자의 호기심을 끌었다. 실제로 이런 일이 일어났다면 외국인 표류민들은 어떻게 되었을까?

네덜란드인 하멜 등은 1653년 8월 제주에 표착해 이후 무려 13년간 강진 땅에 억류되었다가, 1666년 9월에 간신히 일본으로 탈출했다.

여기 또 한 사건이 있다. 1801년 8월, 제주 대정현 당포에 이양선異樣船이 나타났다. 배는 앞바다에 정박한 채 다섯 명을 실은 급수선給水船이 해안에 와닿았다. 섬사람들이 몰려들고 관리까지 군사를 대동하고 나타나자, 배는 이들을 버린 채 달아나버렸다. 다섯 명 중 둘은 흑인이었다. 말은 아예 한 마디도 통하지 않았다. 이들은 다만 '막가외莫可外'란 말만 되뇌었다. 골치 아파진 조선 정부는 이들을 북경으로 보냈다. 북경 정부는 우리도 모르겠다며 그들을 되돌려보냈다. 겨울에 만주 벌판을 다녀오는 동안 한 사람이 추위에 병들어 죽고 말았다.

그로부터 6년 뒤인 1807년에야, 유구국 표류민을 통해 그들이 여송국呂宋國, 즉 필리핀 사람임을 알았다. 이들은 장사하러 루손섬에서 마카오를 거쳐 일본으로 가던 길이었다. 이들이 되뇐 '막가외'는 마카오를 두고 한 말이었다. 조선 조정은 유구 배편에다 이들을 실어 마카오로 돌려보내려 했지만 유구국 사람들은 자기네 국법에 어긋난다며 거부하고 달아나버렸다.

한편 이들이 제주에 표착했던 1801년에 흑산도 어부 문순득文順得은 이들과 반대로 루손섬으로 표류했다. 그는 3년여 만에 이들의 구호를 받아 기적적으로 살아 돌아왔다. 그 또한 제주의 외국인이 여송국 사람임을 증언했다. 조선 정부는 이들을 다시 북경을 통해 제 나라로 보내기로 결정했다. 하지만 여러 정치적 고려로 재송환은 끝내 이뤄지지 않았다. 이들은 제주에서 늙고 병들어 죽은 듯하다. 기록에 남은 이들의 이름은 분안시고, 열리난

두, 안드러수, 마리안두, 꺼이단우였다. 요즘 발음으로 적으면 분안시고는 프랑코, 열리난두는 에르난데스쯤이었을 것이다.

문순득은 자신은 그들의 은혜를 입어 고국으로 살아 돌아왔는데, 이들은 여태 제주에 붙들려 있으니, 이 일을 그들이 안다면 어찌 생각할지 부끄러워 온몸에 땀이 흐른다고 적었다. 당시 바깥세계에 대한 조선의 무지와 고식적 태도가 이러했다.

절대가난

1813년 6월 12일, 다산초당으로 이성화李聖華란 이가 찾아왔다. 당시 그는 남쪽까지 내려와 막객幕客으로 있었다. 그는 아무리 노력해도 좀체 나아지지 않는 생활을 푸념했다.

다산은 대답한다. 물정 모르는 부인네가 서울서 살려면 고리채를 얻지 않고는 생활을 유지할 수가 없다. 결국 몇 년 벼슬살이 월급을 꼬박 모아도 1년 서울 생활 비용을 댈 수가 없다. 땔나무가 귀해 말똥을 태우고 개가죽 옷을 입고 겨울을 나는 서울 생활은 늙으면 가래 기침을 고질로 안겨줄 뿐이다. 진작 벼슬을 그만두고 산골짝에 들어가 사는 것이 경제적으로 훨씬 이익이다. 그러면서 양수리 근처 서종면에 은거해서 자신과 이웃하여 사는 것이 어떻겠느냐고 권유했다.

일정한 수입 없이 서울 생활을 감내해야 하는 딸깍발이들의 삶은 더 비참했다. 이덕무는 어머니가 영양실조 끝에 폐병으로 세상을 떴다. 시집간 누이 역시 폐병으로 죽었다. 지금도 눈을 감으면 어머니의 기침하는 소리가 들리는 것만 같다면서 약 한 첩 못해드린 가난과 불효에 그는 울었다. 죽은 누이를 보내며 쓴 그의 제문은 차라리 통곡에 가깝다. 며칠을 굶다가 아끼던 《맹자》를 전당포에 잡히고 그 돈으로 양식을 바꿔와 허겁지겁 밥을 지어 먹는 광경은 눈물겹다.

연암 박지원도 사흘을 굶다가 도저히 굶어 죽을 것 같자, 다락방에 처박아둔 못 쓰게 된 개개수리장이라도 전당포에 잡히려고 궁리했다. 하지만 느닷없는 벼락 소리에 놀라 떨어뜨리는 바람에 그마저 낭패를 본 이야기를 남겼다.

이들은 가을걷이가 끝나면 몇백 리 밖에 사는 외거外居 노비의 집을 찾아가 세경을 받아와야 그나마 겨울을 날 수가 있었다. 명색뿐인 노비들이 뼈 빠지게 일해 얻은 소출을 고분고분 내줄 까닭이 없었다. 면천현감으로 있던 박지원은 세경 받으러 보낸 마름이 오래 소식이 없자 혹시 무슨 일이 생기지는 않았나 하고 애태우며 걱정하는 편지를 남기고 있다. 당시 박지원은 현감 벼슬에 있었음에도 그렇게라도 하지 않고는 생계를 꾸려가기가 어려웠던 것이다.

아무리 열심히 일을 해도 가난을 벗어날 길 없는 워킹푸어가 300만을 넘어섰다는 추산이다. 삶이 팍팍하기는 그때도 지금과 같았다. 하지만 그 처절한 고통을 딛고 박지원과 이덕무 등은 빛나는 정신의 광휘를 남겼다.

박면교거

중국에 사신으로 갔던 신위申緯(1769~1845)가 돌아왔다. 휘장을 친 수레 하나가 따라왔다. 가족과 친지들은 입이 그만 귀에 걸렸다. 그런데 휘장을 걷자 온통 돌뿐이었다. 그 무거운 괴석을 싣고 만주 벌판을 건너온 것이다. 자신은 그것을 자랑으로 여겨 화공을 불러 재석도載石圖, 즉 돌 싣고 오는 장면을 그림으로 그리게 했다.

추사가 〈수선화부水仙花賦〉를 글씨로 쓰는 등 수선화 예찬론을 펼치면서, 중국에서 수선화 구근을 수입해오는 것도 한때 크게 유행했다. 수반 위에 수선화 구근을 얹어 겨울철 방 안에서 맑은 꽃향기 맡는 것을 사대부의 고아한 풍류로 여겼다. 가마니로 실어오기까지 했다. 나중에는 정도가 너무 심해져 국가에서 수입을 금지시켰다.

다산은 사신으로 연경에 가는 이기양李基讓을 전송하는 글에서, 중국에 간 우리나라 사신들이 그 비싼 은을 가져가서 금방 닳아 없어지고 말 비단이나 각종 소비재만 잔뜩 사올 뿐, 백성들의 실용에 도움이 될 만한 물건을 하나라도 구해 가지고 오는 사람을 못 보았다고 한탄했다. 그러면서 고려 때 문익점文益漸이 목화씨를 얻어 돌아온 일을 말했다. 실 잣는 기계틀을 '물레'라고 하는데, 문익점이 가져왔다는 뜻의 '문래文來'에서 나왔다고도 했다.

이기양은 다산의 이 말을 듣고 북경에서 목화를 앗는 기계인 박면교거剝綿攪車를 구해왔다. 나사 홈을 판 축 끝에 십자 기어를 맞물려 그 아래에 가로로 나무를 걸어 만든 기계장치다. 의자에 앉아 발판을 밟으면 하루에 200근의 목화를 앗을 수 있었다. 200근은 젊은 여자가 20일 꼬박 매달려야 겨우 마칠 수 있는 엄청난 양이었다. 정조가 기뻐하여 그대로 본떠 만들어서 팔도에 나눠주게 했다.

다산은 이기양에게 보낸 다른 편지에서 이 기계를 이용해 장사하는 사람이 4천 근의 목화를 앗아 1천 근으로 만든다면 운송비용도 4분의 3이 절감될 테니 이익이 얼마나 크냐면서, 그 공이 문익점이 목화씨를 가져온 것 이상이 될 것이라고 말했다.

같이 중국에 갔는데, 한 사람은 돌이나 수선화 뿌리를 사오고, 한 사람은 목화씨 앗는 기계를 구해왔다. 그 해맑은 운치가 귀하고, 값비싼 비단만 잔뜩 사온 것보다야 낫다 해도, 목화씨 앗는 기계가 가져온 이용후생의 보람에 견줄 수야 없겠다.

성어 6제

뜻 모르고 쓰는 말

흔히 쓰는 말에 '어처구니가 없다'는 말이 있다. 여기서 '어처구니'란 무엇인가? 품사로 보면 '어처구니'는 명사다. 무엇인가 꼭 있어야 할 것이 없음을 가리키는 말인 듯하다. 이 '어처구니'는 사실은 맷돌이 맞물리는 곳의 아래쪽 튀어나온 부분을 지칭하는 말이라고 한다. 맷돌이란 위에 구멍이 뚫려 있고, 아래에는 튀어나온 부분이 있어 서로 맞물려 돌아가도록 설계되어 있다. 바로 아래쪽에 튀어나온 부분을 어처구니라 하는데, 과연 어처구니가 없으면 맷돌은 맷돌로서의 아무런 구실도 할 수 없게 되고 만다. 어처구니가 없으면 안 되는 것이다.

어처구니뿐 아니라, '시치미를 뗀다', '터무니가 없다', '영문을 모른다', '생트집을 잡는다', '줏대가 없다' 같은 경우도 다 그런 예들이다. 이들은 모두 과거 조상들의 생활과 연관된 일에서 비롯된 말들인데, 이제 그 본래 고사의 의미는 고사枯死해버리고 성어成語로만 살아남은 것들이다.

고사성어란 문자 그대로 옛일이 말을 이룬 것이다. 다시 말해 예전 실제로 있었던 어떤 일이 그 흥미나 교훈으로 사람들의 입에 오르내리다 보니, 아예 말로 굳어져버린 것이다. 그런데 고사가 일단 성어가 되고 나면, 고사는 까맣게 잊히고 만다. 일상에서 흔히 쓰는 말 중에 본래 의미를 잘 모르고 쓰는 어휘를 몇 가지 골라 설명해본다.

물색

"좋은 신랑감 좀 물색해봐!"

여기서 물색物色이란 무슨 말인가? '물건의 빛깔'이란 의미로는 뜻이 통하지 않는다. 물색이란 말은 본래 옛날 네 마리 말이 끄는 수레(駟馬)에서 나온 말이다. 영화 〈벤허〉는 마지막에 네 마리 흰 말이 끄는 주인공의 전차와 검은 말이 끄는 상대의 전차가 숨 막히는 승부를 다투는 장면이 압권이다. 그런데 주인공 벤허의 전차를 끄는 말이 전부 흰 말이 아니고, 세 마리는 희고 나머지 한 마리는 검다면 어떨까? 영 볼썽사나울 것이다. 또 네 마리 말 중 세 마리는 힘이 펄펄 넘치는 건장한 말인데, 한 마리는 돈키호테가 타고 다니던 로시난테처럼 비루먹은 말이라면 어떻게 될까? 수레는 그 한 마리 때문에 얼마 못 가 전복되고 말 것이다. 따라서 수레 모는 자는 우선 '빛깔도 같고 힘도 비슷한' 네 마리 말을 '물색'하지 않으면 안 된다.

이때 힘이 같은 말을 '물마物馬'라 하고, 빛깔이 같은 말을 '색마色馬'라 한다. 우리가 뜻 모르고 쓰는 물색이란 말은 이렇듯 예전 수레에 매는 말을 고르던 일에서 오늘날 '꼭 맞는 적절한 물건을 고른다'는 의미로 성어화한 것이다.

완벽

"빠지는 물건 없도록 준비가 완벽해야 해."

완벽完璧이란 말도 일상에서 흔히 쓴다. '구슬 벽璧'을 '벽 벽壁'으로 흔히 잘못 쓰곤 한다. '벽이 완전하여 튼튼하다'는 뜻쯤으로 생각해서다. 이때 '벽璧'이란 저 유명한 화씨벽和氏璧을 말함이다. 초나라 사람 화씨가 귀한 옥을 주워 왕에게 바쳤는데, 왕이 옥인玉人에게 감정을 맡기자 돌이라고 했다. 화가 난 왕은 화씨의 왼발 뒤꿈치를 잘랐다. 다음 왕이 즉위하자 화씨는 다시 그 옥을 바쳤다가, 오른쪽 뒤꿈치를 마저 베였다. 그다음 왕이 즉위하자 화씨는 초산楚山 아래에서 옥을 안고 통곡하며 피눈물을 흘렸다. 연유를 들은 왕은 옥인에게 명하여 그 옥을 다듬게 해 천하에 귀한 구슬을 얻었다. 이 화씨의 구슬은 이후 여러 제후들이 탐내는 천하의 보배가 되었다.

이 구슬은 그 뒤 흘러흘러 조나라 왕의 수중에 들어갔다. 당시 막강한 힘을 자랑하던 진秦나라 소왕昭王은 어떻게든 그 구슬을 자기 수중에 넣고 싶어서, 15개의 성과 맞바꾸자고 제안했다. 난처해진 조나라 왕은 이 문제를 조정에서 의논했다. 인상여藺相如가 대답했다. "지금 진나라가 성을 가지고 구슬을 요구하는데, 왕께서 윤허하지 않으시면 허물이 우리에게 있습니다. 우리가 구슬을 주었는데도 진나라가 성을 주지 않으면 잘못이 진나라에게 있습니다. 신은 원컨대 구슬을 받들고 가서 진나라가 성을 주지 않으면 신이 구슬을 온전히 하여 돌아오겠습니다."

인상여의 말끝에 '구슬을 온전히 하여'라는 대목, 즉 '완벽完璧'이란 표현이 보인다. 완벽이란 여기에서 유래된 어휘다. 마침내 화씨의 구슬을 품에 안고 진나라에 도착한 인상여는 처음부터 성을 줄 생각이 없었던 진나라 소왕의 간계를 눈치채고서, 진왕을 속여 조나라로 화씨의 구슬을 온전히 보전하여 돌아왔던 것이다. 뒤에 이 구슬은 진시황의 손에 들어가 황제의 권위를 상징하는 옥새로 다듬어졌다.

낭패

"이것 참 낭패로군."

낭狼은 '이리'이니, 개과에 속하는 산짐승이다. 늑대보다는 조금 크고 귀가 쫑긋하며, 성질이 몹시 사나워 사람과 가축을 해치는 포악한 짐승이다.

먼저 낭패란 말의 의미에 대해 알아보자. 사전을 보면, '낭패'는 "계획한 일이 실패로 돌아가 매우 딱하게 됨"이라고 되어 있다. 낭은 이리를 말하고, 패狽 또한 이리의 한 종류라고 나와 있다. 그렇다면 낭패狼狽는 둘 다 이리를 지칭하는 말인데, 어떻게 여기에서 우리가 일반적으로 쓰는 '낭패'라는 의미가 나오게 되었을까?

《박물전휘博物典彙》란 책에는 이렇게 나와 있다. "낭이란 짐승은 앞발이 길고 뒷발은 짧은데, 패란 짐승은 앞발은 짧지만 뒷발이 길다. 따라서 낭은 패 없이는 서지 못하고, 패는 낭 없이는 가지 못한다." 또 《유양잡조酉陽雜俎》에는, "패는 앞발이 매우 짧아서 움직일 때는 항상 낭의 뒷발 위에 앞발을 얹고 다닌다. 패가 낭을 잃으면 능히 움직일 수 없으므로, 세상에서 일이 어그러진 것을 낭패라고 일컫는다"라고 했다. 두 책의 말이 같지 않지만, 요컨대는 낭과 패는 함께 있어야만 서로 보완하여 서거나 움직일 수 있으므로 따로 떨어지게 되면 정말로 '낭패스러운' 일이 생기게 된다는 말이다.

소경이 앉은뱅이를 업고 물을 건넌다는 옛말이 있듯이, 낭과 패는 서로의 단점을 도와가며 살아가는 동물인 셈이다. 그런데 본의 아니게 두 마리 짐승이 서로 떨어져 있게 되면 둘 다 아무것도 할 수 없는 난처한 상황에 처할 수 있다.

이와 비슷하게 비익조比翼鳥라는 새가 있다. 이 새는 한 마리가 눈 하나와 날개 하나만 있어서, 두 마리가 결합해야만 비로소 날 수 있다고 한다. 그래서 부부가 금슬이 좋은 것을 흔히 비익조에 견주곤 한다. 눈 하나와 날개 하나뿐인 비익조가 서로 따로 떨어지면 날기는커녕 걸을 수도 없어 다른 짐승에게 금방 해를 당하고 말 것이다. 두 마리가 합하여 하나의 온전한 몸체를 이루듯 부부도 이와 같이 사랑으로 똘똘 뭉쳐 헤어지지 말고 협심하여 살아야 한다. 그렇지 않으면 정말 낭패다.

낭자

"저걸 어째! 유혈이 낭자하군."

사전에는 낭자狼藉를 "어지럽게 여기저기 흩어져 있는 모양"이라고 정의되어 있다. 뜻으로 풀이해보면, 낭자의 '자'는 풀을 엮어 짠 '깔개', 또는 '자리'란 뜻이다. 그러므로 글자 뜻 그대로 하면 '이리의 잠자리'란 의미가 된다. 《모시毛詩》의 풀이를 보면, "이리는 풀을 깔고 눕는데, 떠날 때는 그 풀을 지저분하고 어지럽게 해놓는 까닭에 낭자라고 한다"고 써놓았다. 또《담사蟫史》에는 "이리는 깔고 자는 풀을 가지고 장난치기를 좋아하여 풀이 모두 뒤죽박죽이 되므로 민간에서 낭자하다고 말한다"고 했다.

소동파는 〈적벽부〉 끝에서 "배반杯盤이 낭자하다"고 했는데, 밤새 술을 마셔 손님들이 다 취한 뒤 술잔이 뒹굴고 안주가 여기저기 흩어져 있는 어지러운 광경을 묘사한 것이다. 뒤에 '배반이 낭자하다'는 말은 술자리가 거나하다는 뜻으로 쓴다.

낭패와 낭자 두 어휘는 모두 이리란 동물과 연관된 말인데, 그 본래 의미를 캐어보면 재미가 있다. '소문이 자자하다'에서 '자자藉藉'란 말도 어지럽고 시끄러운 모양을 나타내는 말인데, 낭자의 '자'의 의미와 서로 통한다.

단장

"단장의 미아리고개."

단장斷腸이란 글자 그대로 '창자가 끊어진다'는 말이다. 진晋나라 때《수신기搜神記》란 책에 이런 이야기가 실려 있다. 임천臨川 동흥東興에 사는 어떤 사람이 산에 들어갔다가 원숭이 새끼를 얻어 데리고 돌아왔다. 원숭이 어미가 나중에 혼자 그 집까지 쫓아왔다. 그 사람은 원숭이 새끼를 뜨락의 나무 위에 묶어두고 이 모습을 보게 했다. 그러자 그 어미는 사람을 향해 제 뺨을 치면서 제발 돌려달라는 시늉을 하는 것이었다. 그 사람은 그래도 놓아주지 않고 마침내 그 새끼를 쳐서 죽였다. 어미 원숭이는 구슬피 부르짖으며 제 몸을 던져 죽었다. 그 사람이 배를 갈라 살펴보니 창자가 마디마디 끊어져 있었다.

또 《세설신어世說新語》에도 비슷한 이야기가 있다. 환공桓公이 촉蜀 땅에 들어가 삼협을 지나는데, 부하 한 사람이 원숭이 새끼를 잡아서 끌고 갔다. 그러자 그 어미가 강가를 따라 슬피 부르짖으며 100여 리를 쫓아왔다. 마침내 배 위까지 뛰어올라와서는 힘이 다하여 죽었다. 그 배를 갈라보니 창자가 마디마디 끊어져 있었다. 환공이 이 말을 듣고 노하여 그 사람을 쫓아버렸다.

새끼를 잃은 어미 원숭이의 '애타는' 마음이 마침내 그 창자를 마디마디 끊어놓기에 이른 것이다. 그래서 뒤에 '단장'이란 말은 혈육지친 간의 슬픈 이별이나 지극한 그리움을 나타내는 말이 되었다.

예전에 일본 규슈의 원숭이공원에 들른 적이 있다. 산 전체에 원숭이 수천 마리가 제멋대로 무리를 지어 살고 있는 곳이었다. 그중 두고두고 떠오르는 것이 죽은 새끼를 품에 안고 넋이 반쯤 나간 듯한 표정으로 배회하던 어미 원숭이의 모습이다. 죽은 새끼는 벌써 썩어들어가 다리가 곧 끊어질 듯 덜렁거리고 있었다. 하지만 어미는 죽은 제 새끼를 꼭 끌어안고 놓지를 않고 있었다. 안내인의 설명으로는 새끼가 죽은 지 보름이 지났는데도 저러고 있다는 것이었다. 미물이지만 새끼를 사랑하는 모정은 사람보다 낫지 않은가.

흔히 우리말에 '애가 끊어진다'는 표현이 있다. 바로 이 '단장'을 옮긴 말이다. 이 밖에 '애가 탄다', '애간장이 녹는다', '애먹었다', '애썼다' 등의 말을 자주 쓴다. 이때 '애'는 바로 '창자'의 순우리말이다.

유예

"집행유예 3년을 선고합니다!"

유예猶豫란 말은 사전을 찾아보면, "시일을 늦춤, 망설여 결행하지 않음"이라고 풀이하고 있다. 흔히 이러지도 저러지도 못하고 엉거주춤 결정을 내리지 못함을 일컫는 말이다.

당나라 때 공영달孔穎達은 《오경정의五經正義》에서 이렇게 말한다. "유猶는 원숭이의 일종이고, 예豫는 코끼리의 일종이다. 두 짐승은 진퇴에 의심이 많은데, 의심이 많은 사람들이 꼭 이 짐승과 같다. 그래서 유예라고 한다." 또 안사고顔師古는 《한서漢書》의 주석에서 "유는 나무를 잘 타는 짐승이다. 이 짐승은 의심이 많아 산중에 있으면서 홀연 소리가 들리면 사람이 와서 해칠까 두려워하여 번번이 미리 산에 올라가고, 사람이 없으면 그제야 내려왔다가 잠깐 뒤 다시 올라가곤 한다. 이러길 한두 번 하는 것이 아니므로, 결단을 내리지 못하는 것을 두고 '유예'라고 한다"

라고 했다.

'유예'란 표현에 대해서는 예전부터 여러 설이 분분했다. 어떤 학자들은 이 같은 주장을 글자를 보고 뜻을 새긴 견강부회牽强附會로 보아, 잘못된 풀이라고 하기도 한다. 설사 그것이 후인들의 견강부회라 해도 옛사람들의 상상력의 한 자락을 들여다볼 수 있어 그것만으로도 흥미롭다.

또 흔히 '독獨'이란 말은 '홀로' 또는 '고독하다'는 의미로 쓰인다. 이 '독' 또한 원숭이의 일종으로, 원숭이와 비슷하지만 몸집이 더 크고, 원숭이들처럼 무리지어 살지 않고 혼자 외따로 떨어져 산다. 이 독이란 짐승은 원숭이를 잡아먹고 산다고 하는데, 새벽녘 외로이 어슬렁거리다가 한번 울음을 토하면 뭇 원숭이들은 그만 무서워 숨어버린다는 것이다. 아마도 고릴라가 아닐까 생각된다.

이렇듯 글자 하나, 단어 하나에도 사람들이 오랜 세월 동안 쌓아온 상상력과 문화의 나이테가 깃들어 있다.

최고의 문화 콘텐츠 《동의보감》

연암 박지원의 《열하일기》에 중국에서 출판된 《동의보감東醫寶鑑》 이야기가 나온다. 25책으로 간행된 이 책은 판본이 몹시 아름다웠다. 《동의보감》은 의서로서 콘텐츠의 우수성을 인정받아 중국에서도 오랫동안 큰 인기를 끌었다. 연암은 책이 몹시 탐나서 꼭 사고 싶었지만 5냥이나 되는 책값을 마련하기 어려워, 결국 능어凌魚라는 이가 중국판 앞에 쓴 서문만 베껴 써오고 만 것을 두고두고 애석해했다.

능어는 서문에서, 구석진 외국 책이 중국에서 행세하게 되었으니 담긴 이치가 훌륭하다면 땅이 먼 것이야 무슨 상관이 있겠느냐고 했다. 《동의보감》은 내경內景을 먼저 서술해 근본을 다지고, 외형外形을 서술해 자세한 풀이를 보탰으며, 이후 잡병의 해설과 탕약과 침과 뜸을 서술하는 정연한 체계를 갖춰, 사람의 몸뚱이에 광명을 안겨주었다고 칭찬했다.

그는 또 《동의보감》에는 《천원옥책天元玉冊》에서 《의방집략醫方集略》까지 80여 종의 의서를 인용했는데, 그 가운데 조선의 의서는 단 3종뿐이라고 했다. 그나마 어떻게든 중국인의 자존심을 세워보려는 의도에서 보탠 말이다.

광둥 지방에 관리로 내려오게 된 왕씨 성을 가진 이가 사람을 구제하고 세상을 이롭게 하려는 마음으로 조선에서 중국 황제에게 예물로 바친 것을 베껴오게 해서 사비로 출판했다. 그 결과 천하의 보배를 천하가 함께 나눌 수 있게 했으니, 아름다운 일이 아닐 수 없다고도 했다.

책의 바탕이 된 이론적인 콘텐츠는 사실 저들의 것이 대부분이었다. 하지만 임상 자료로 수백 권에 달하는 조선 왕실의 내부의방內府醫方, 즉 궁중의 오랜 처방전이 활용되어 근거를 제공했다. 편찬도 허준許浚(1539~1615) 개인의 손으로 이루어진 것이 아니다. 유의儒醫 정작鄭碏과 의관 양예수楊禮壽 등 당대 최고의 실력자들이 힘을 합쳐 이뤄낸 국가적인 프로젝트였다. 그 결과 중국 사람도 깜짝 놀랄 새로운 의서가 탄생할 수 있었다.

《동의보감》의 가장 큰 차별점은 의학을 잘 몰라도 증세별로 처방이 가능한 효율적인 매뉴얼에 있었다. 집안에 환자가 생기면

증세만 찾아봐도 필요한 약재와 진단의 요령이 다 나와 있었다. 그리고 거기 적힌 대로 약을 조제해 먹으면 바로 효험을 볼 수가 있었다. 철학서인지 의학서인지 분간이 안 가는 구름 잡는 소리만 잔뜩 적힌 중국 의학서와는 확실히 달랐다.

《동의보감》에 환호한 것은 중국보다 일본이 오히려 더했다. 책을 통해 처방전은 얻었는데, 약재 이름이나 약효가 달라, 조선통신사 일행이 일본에 가면 숙소로 일본 의원들이 책을 들고 찾아와 약재에 관해 묻는 일이 밤마다 벌어졌다. 한·일 의원 사이에 필담으로 주고받는 의학 토론이 진지하게 벌어지곤 했다. 관련 기록이 여럿 남아 있다.

《동의보감》으로 인해 고려 인삼의 수요가 폭증하고, 대접도 크게 달라졌다. 고급 처방에는 반드시 인삼과 녹용이 들어갔는데, 녹용은 구할 수 있어도 인삼만은 어찌해볼 수가 없었기 때문이다. 양국 모두 질 좋은 고려 인삼을 구하는 데 혈안이 되었다. 없어서 못 팔았지, 가격이 문제 되지 않았다.

일본인들은 그들답게 통신사 일행 중 불법 무역을 하다가 적발되어 형벌을 받게 된 사람을 겁박해서 마침내 인삼의 종묘와 재배법을 빼내기까지 했다. 수십 년에 걸쳐 준비된 이 프로젝트는, 심어 기른 인삼의 약효가 고작 도라지 정도밖에 안 된다는 사실이 밝혀지면서 고려 인삼의 값만 오히려 더 다락같이 높여놓았다.

《동의보감》 책 한 권이 동양의학사에 미친 영향이 이렇게 컸

다. 책과 함께 인삼 무역이 덩달아 확대되었다. 몇 해 전《동의보감》이 유네스코 세계기록유산으로 지정되자 중국의 중의학계가 불쾌감을 감추지 못했다는 소식이 있었다. 그렇다고 한의韓醫가 중의中醫보다 우수함이 입증되었다고 호들갑 떨 일은 아니다. 그때도 콘텐츠의 국적이 문제가 아니라 질이 경쟁력의 관건이었다.

맥락을 찾아서

제4부

질문의 경로를 바꿔라

시대의 변화와 인문학적 사유

가장 낡은 것이 가장 새롭다. 모든 새것은 나오는 순간 이미 낡았다. 낡은 고물로 버린 옛것에서 새로움을 발견하고 환호하는 것이 작금의 인문학 열풍의 실체다. 새삼스럽다. 물질의 삶이 풍요로워질수록 인간의 정신은 황폐해진다. 정신의 풍요와 물질의 풍족은 늘 따로 논다. 자유는 결핍에서 나오지 충족에서 나오지 않는다.

풍요의 끝에서 우리는 결핍의 나락으로 떨어졌다. 기술이 발전

할수록 시간은 남아돌지 않고 더 바빠진다. 사람들은 생각할 겨를 없이 줄서서 떠밀려간다. 줄이 한번 헝클어지기라도 하면 걷잡을 수 없는 혼란에 빠진다. 잘못된 신념이 게임하듯 수십 명을 총으로 쏴 죽인다. 알 수 없는 분노가 길에서 불특정 다수를 향해 칼부림을 하게 만든다. 물질의 환상은 원자력의 재앙과 전쟁의 공포를 키웠다.

우리는 그동안 과학을 너무 맹신했다. 돈이면 안 되는 일이 없는 줄로 알았다. 과학에 대한 맹목적 신뢰와 경제논리의 포로가 되어 신기술을 외치고, 속도를 믿으며, 돈 벌기만 추구하다가 한차례 지진이나 화재에 믿었던 신화가 와르르 무너진다.

이 황량하고 스산한 가운데서 인문학은 과연 대안이요 희망인가? 그 또한 일종의 허구다. 인문학 한다고 상황이 갑자기 달라질까? 사람들은 인문학에 무엇을 기대하나? 인간의 삶은 본질적으로 바뀐 적이 없다. 원시나 중세나 근대나 오늘 눈앞의 지금이나 생로병사의 사이클이 변하지 않는 한 인간의 모든 삶은 본질적으로 같다. 사람이 며칠씩 걸려 발로 배달하던 조선시대의 편지와 초고속 광랜이 실시간으로 실어나르는 이메일의 속도 차이는 아무 의미가 없다. 속도가 몇만 배 빨라진다 해서 삶의 속도, 문화의 속도도 그만큼 진보한다고 착각하면 비극이다.

속도가 빨라지면 생각이 없어진다. 인디언들이 달리다가 갑자기 멈춘다. 이유를 묻자 그들이 대답한다. "마음이 아직 따라오질 못해서!" 잠깐 멈춰 생각해보니 삶이 갑자기 공포스럽다. 공부도 마찬가지다. 덮어놓고 논문 쓸 때는 바쁘고 할 일이 많았는데, 왜 쓰는지 생각하기 시작하자 마음이 아주 복잡해진다. 이것은 컴퓨터 게임처럼 지더라도 리셋 버튼만 누르면 끝없이 반복 생성되는 것이 아닌 일과성의 문제라 심각하다. 바라기는 아무 생각 없이 끝까지 가는 것이다. 하지만 그것도 트랙에서 내려서는 순간 붕 떠버린다. 성실하게 일했는데 쫓겨난 직장, 노력해도 알아주지 않는 사회, 공정하지 않은 룰, 나 없이도 잘 돌아가는 세상…… 이런 것을 인식하는 순간 세계와의 화해는 기대하기 어렵다.

인문학의 갑작스러운 활기에 고무될 일이 아니다. 죽을 쑤고 있는 것보다는 낫겠지만, 이것이 취업과 사회활동 영역의 확장으로 이어질 것이란 핑크빛 전망은 하지 않는 것이 좋다. 사회의 인문학에 대한 수요는 폭발적으로 늘어났다. 하지만 사람들은 자신들이 딱히 인문학에 대해 바라는 것이 무엇인지조차 잘 모른다. 그래서 인문학은 여전히 위기다.

나도 인문학 좀 한다는 대열에 합류하고픈 지적 허영? 아니면 이쪽에서 뭔가 갈증을 해소할 수 있지 않을까 하는 막연한 기대심리? 그런 것만도 아니다. 경제경영서와 자기계발서를 쌓아놓고 읽고 재테크 방법 숙지하고 달려들어도 남 좋은 일만 시킨다. 지금까지 들여다본 방법으로는 끝까지 가봐도 대답이 안 나온다. 세계적 초일류기업의 공통점을 뽑아 매뉴얼화해놓고 이렇게 하면 된다고 해서 따라 했는데, 10년도 안 되어 그 기업들은 다

망하고 없다. 매뉴얼이 실종된 세상에 우리는 살고 있다. 모든 가치들이 카오스 속에 둥둥 떠다닌다. 노마드들은 끊임없이 이동하면서도 일정한 패턴이란 게 있다. 지금 우리에겐 그런 패턴도 없다.

여기다 대고, 인문학자들이 이 좋은 기회를 놓칠 수 없다고 외치면서 '옛날에 이런 거 있었다! 재미있지?'나 '이런 것은 얼마나 본받을 만한가?'로 목소리를 높인다. 재미없다. 지금의 인문학 열풍은 옛날이 궁금해서가 아니라 지금이 납득되지 않아서다. 이따금씩 인문학 공부하다 보면 여태껏 자신들이 해결할 수 없었던 문제에 대한 희망 비슷한 것이 문득문득 보인다. 옛날에도 지금과 비슷한 일이 많았구나! 어떻게 해결했지? 그것을 좀 더 납득할 수 있는 방법으로, 지금의 코드에 맞춰서, 본질적인 질문 앞에 맞닥뜨릴 수 있도록 끌어내주면 좋겠는데, 우리 인문학자들은 유감스럽게도 아직 그런 마인드가 없다.

문화 콘텐츠도 마찬가지다. 하늘 아래 새로운 것은 없다. 우리가 생각해낸 모든 새로운 것은 닳고 닳아 낡은 것의 변주일 뿐이다. 내가 머리를 쥐어짜서 고안해낸 새것도 알고 보면 전에 있던 것들이다. 내가 모르고 우리가 몰랐으니 새것이지, 예전에는 혹은 저기서는 나도 알고 너도 알고 누구나 알던 것들이다. 그러니까 없는 새것을 쥐어짤 생각 말고, 잊었던 옛것을 뒤지는 편이 훨씬 빠르다. 그것은 대답도 같이 들어 있는 패키지 상품이다.

그러자면 알아야 한다. 뭔지 모르고는 해결이 안 된다. 알려면 죽어라고 공부해야 한다. 공부하지 않으면 아무것도 보이지 않는다. 허투루 공부해서 써먹을 궁리만 하면 한 방에 망하는 수가 있다. 남이 해서 잘된다고 나도 하면 잘되지 않는다. 투철하게 공부해서 완전히 내 것으로 소화해야 내 목소리에 힘이 실리고, 남이 보고 따라온다. 사람들은 공부는 않고 열매만 따먹으려 든다. 턱도 없다.

인문학은 실용적 매뉴얼이 아니다

시 한 수를 읽겠다. 요즘 읽고 있는 다산 정약용의 한시다. 제목은 〈둑 위에서(堤上)〉다.

늦 개인 날을 따라 둑 위를 소요하니
봄 산의 짙푸름이 마음에 흐뭇하다.
물 끌며 노는 오리 꼭 짝지어 다니고
어린 꿩 숲에 엎뎌 이따금씩 한번 운다.
흰 구름 만나서는 혼자 가만 서 있고
꽃다운 풀 문득 보곤 뜬 인생을 생각하네.
산골에서 밭 갈며 숨어 살날 언제인가
오늘 아침 시든 터럭 벌써 몇 가닥일세.

堤上逍搖趁晩晴　春山濃翠正怡情

浴鳧曳水必雙去　乳雉伏林時一鳴

偶値白雲成獨立　忽看芳草感浮生

峽中耕隱知何日　衰髮今朝已數莖

1800년 장기長鬐에 유배 가서 지은 시다. 그는 유배객이다. 종일 할 일이 없다. 그래서 자꾸 주변을 쏘다닌다. 방죽길을 따라가는 오후의 산책을 노래했다. 봄 산의 신록, 물 위의 오리와 먼 데서 들리는 새끼꿩의 울음소리, 산마루를 넘어가는 흰 구름, 끝없이 이어진 방초길. 다 편안하고 고즈넉하다. 이 좋은 풍경 놓아두고 갑자기 그는 왜 산골에서 밭 갈며 숨어 살고 싶다고 했을까? 왜 흰머리만 는다고 푸념하고 있나?

시는 입상진의立象盡意로 말한다. 이미지를 앞세워 할 말을 대신케 한다는 뜻이다. 1, 2구에서 시인은 일단 기분이 좋았다. 늦게 갠 오후 해가 마음을 밝게 하고 신록이 기분을 들뜨게 했다. 방죽길의 산책에서 오리를 보았다. 물 위로 헤엄치는 오리는 꼭 둘씩 짝지어 다닌다. 때마침 아직 목청이 채 트이지 않은 어린 꿩이 숲속에서 제 어미를 애처롭게 부른다. 그래서 기분이 어두워졌다. 짝지어 다니는 오리 때문에 아내가 보고 싶어졌고, 어린 꿩을 보고 두고 온 자식 생각이 났다. 순간 답답하고 막막해서 고개를 드니 흰 구름이 흘러간다. 그래서 다시 그 자리에 멈춰섰다. 왜 섰는가? 구름은 가고픈 곳으로 마음대로 가는데 '나'는 못 가니 속이 상해 그렇다. 그래서 고개를 숙였다. 이번엔 우거진 방초가 눈에 들어온다. 봄이라고 방초는 대책 없이 돋았다. 문득 뿌리내리지 못하고 떠도는 '내' 인생이 부끄럽다. 그래서 그는 이럴 바에야 벼슬도 명예도 다 포기하고 산골짝 백성으로 밭 갈며 오순도순 사는 것이 진정한 행복 아닌가 하는 생각이 들었다. 이곳에서는 머리카락만 시든다. 봄날 오후의 경쾌한 산책이 갑자기 한없이 울적해졌다.

이렇게 읽고 보니, 뜻 없이 말한 구절이 하나도 없다. 늦게 갠 해, 봄 산의 푸르름, 짝지어 다니는 오리, 숲속에서 우는 어린 꿩, 산 너머 가는 흰 구름과 우거진 방초에 모두 행간이 있다. 시인은 이런 이미지들을 세워놓고〔立象〕, 시인은 저 하고픈 말을 대신 다 시켰다〔盡意〕.

한 수의 시를 읽는 과정, 한 편의 텍스트를 읽는 절차는 숨은 그림 찾기다. 시인이 숨기면 독자가 찾는다. 다 못 찾아도 괜찮다. 선물을 안 받으면 되니까. 하지만 찾을수록 신난다. 상품이 많아지니까. 시를 제대로 못 읽었다고 때리는 사람은 없다. 하지만 장사는 다르다. 사업은 심각하다. 상황은 자꾸 바뀐다. 변화는 예측이 안 된다. 짝지은 오리나 어린 꿩처럼 연습한다고 쉽게 유추가 되는 것도 아니다. 주어진 코드를 잘 읽어 오독하지 않아야 예측도 할 수 있고, 방어도 할 수 있다. 어떻게 되겠지, 잘 넘어가겠지 하다가는 뒤통수 맞고 쓰러진다.

이렇게 한 수의 시 읽기와 CEO의 상황 판단은 다를 게 하나 없다. 이런 의미에서 시를 잘 읽는 사람은 사업도 잘할 수밖에 없다. 시를 잘못 읽어서 문제지. 하기야 시인치고 제대로 된 사업가가 없는 것이 더 문제이긴 하다.

무슨 말이 하고 싶으냐 하면, 인문학은 원리이지 당장 실용 가능한 매뉴얼이 아니다. 사업 잘하려면 시부터 배우란 말이 아니다. 인문학이 담당하는 것은 식견과 통찰력, 다산 식으로 말하면 문심혜두다. 글로 사물의 마음과 만나면 슬기 구멍이 뻥뻥 뚫린다는 얘기다.

식견이 열리고 문심혜두가 뚫린 사람과는 경쟁이 안 된다. 그런데 식견과 통찰력, 즉 문심혜두는 정보 차원의 문제가 아니다. 인문학은 떠먹여주는 영양식이나 패스트푸드가 아니다. 인문학자에게 돈 못 벌어온다고 하는 대학 경영자는 가장 멍청이다. 인문학자는 공부만 하고, 돈은 그들에게 식견과 통찰력을 배운 사람이 벌면 된다. 너나없이 돈만 벌면 소는 누가 키우나.

완전히 뒤바뀐 삶의 패턴

최근 인문학에 대한 담론들이 하루 멀게 쏟아진다. 인문학이란 타이틀만 걸면 기본은 되는 모양이다. 심지어 《팬티 인문학》까지 나왔다. 요네하라 마리가 쓴 이 책은 정말 괜찮은 책이긴 하다. 하지만 인문학은 절세의 무공도 아니고 전가傳家의 보도寶刀는 더욱 아니다.

책을 보면 그동안 우리가 이렇게 슬프게 된 것이 인문학을 몰라 그런 것만 같다. 이제라도 정신 차려서 인문학 콘서트도 하고, 인문학 여행도 다니고, 인문학적 마인드로 중무장하면 쾌청해질까? 팬티도 인문학적으로 따져보면 뭔가 다르게 보일까? 인문학자들이 알려주는 정답대로 하면 모든 문제가 해결될까?

문제는 정답이 원래 없다는 데 있다. 없는 정답을 무슨 수로 알려주며, 정답을 알면 저희가 직접 하지 왜 남에게 가르쳐주느냔 말이다. 그러니 인문학 배워 문제 해결하겠다는 것은 일단 사기에 가깝다.

인문학 시장은 호황인데, 생산되는 제품은 엉망이다. 얄팍한 상술에 놀아나는 경우가 태반이고, 저도 모를 귀신 씻나락 까먹는 얘기가 대부분이다. 차라리 정보만 제공하는 책은 그래도 솔직하다. 대안과 대책까지 나가면 곤란하다. 이해는 못하고 오해만 한다. 덮어놓고 전진한다고 능사가 아니다. 동서남북과 전후좌우를 착각하면 열심히 달릴수록 목표에서 멀어지는 수가 있다. 변화를 읽는 안목이 중요하지만, 바꿀 것을 바꾸고 지킬 것을 지켜야지, 지킬 것을 바꾸고 바꿀 것을 지키면 그보다 더한 비극이 없다.

포르쉐 디자인실에는 "바꿔라, 그러나 바꾸지 마라Change it, but do not change it!"이란 말이 붙어 있다. 바꿀 걸 바꿔야지, 안 바꿀 걸 바꾸면 대책이 없다는 얘기다. 크리스티앙 디오르가 죽은 뒤 존 갈리아노가 변혁을 선언하며 이렇게 말했다. "바꿀 수 있는 용기, 지킬 수 있는 용기." 둘이 같은 말을 했다. 새로운 것과 괴상한 것을 착각하면 맨날 엉뚱한 애먼 짓을 창의적인 것으로 착각하게 된다.

삶의 매뉴얼은 다 무너졌다. 예전에는 아날로그적 삶이 미덕이었다. 한 자리만 꾸준히 지키면 넉넉하지 않아 그렇지 밥은 먹고 살았다. 삶은 기복 없이 그런대로 흘러갔다. 시스템 아래서 부품처럼 살아도 괜찮았다. 수명은 적당히 길어서 아깝다 싶을 때 세상을 떴다. 이런 세상에 대한 판타지는 지금도 유효하다. 교사가 되고 공무원이 되고 정년퇴직이 보장되는 직장이 가장 각광받는 직업군이라는 것이 그 증거다. 대기업을 그만두고라도 대학교 교직원이 되겠다는 사람이 부지기수다. 세상이 그만큼 살벌해졌음을 증명한다.

수동적으로 시키는 대로만 했다간 직장에서 당장 쫓겨난다. 수명은 무책임하게 길어져서 50세 명퇴 이후 급여 없이 살아야 할 인생이 40년 이상이다. 대책을 세운다고 세워지는 게 아니어서, 삶이 참으로 공포스럽다. 어떻게 되겠지, 하다간 정말 어떻게 되고 만다. 예측하고 앞서가야 한다. 이 예측력이 가장 큰 경쟁력이다. 그런데 이게 한 번만 삐끗하면 회복 불능이다. 퇴직금을 한입에 털어먹거나, 다단계에 다 갖다바치거나, 믿었던 친구에게 사기를 당한다. 통찰력이 절대적 무기가 되었다.

삶은 바뀐 것이 없는데 삶의 패턴은 완전히 바뀌었다. 이것을 잘 이해하지 못해, 해오던 관성대로 하다가 비극의 주인공이 된다. 위기 대응 능력 제로 상태로 방치된 위험한 존재들이 주변에 온통 차고 넘친다. 자기도 까닭을 알 수 없는 분노 범죄가 판을 친다. 어디 한 놈 걸리기만 하면 당장에 끝장을 볼 기세다. 지하철에서 엽기적인 상황이 남녀노소 할 것 없이 잊을 만하면 한번씩 벌어진다. 이런 살벌한 세상에서 인문학은 무슨 태곳적의 한가로운 이야기란 말인가?

이런 때일수록 생각을 똑바로 하고 살아야 한다. 세상이 전과는 확실히 달라진 것을 먼저 이해해야 한다. 당해도 알고 당하면 덜 억울하다. 완전히 망했는데, 그 결과를 본인도 승복하지 못하고, 사회도 설명을 해주지 않으니 분노가 생겨난다. 세상이 인문학에 대해 기대하는 것이 있다면 그 설명의 메커니즘, 이해의 메커니즘을 작동시켜달라는 말에 다름 아니다.

사람들이 갑자기 1년에 머리를 겨우 몇 번쯤 감고 살았을 조선시대가 좋아졌을 리는 없다. 동백기름을 발라서 참빗으로 머리카락에 낀 때를 뜯어내던 때가 그때다. 목욕이 연중행사고, 그 불결한 화장실에서 휴지도 없이 매일 볼일을 보고 살아야 한다고 하면 도시 아이들은 하루도 못 되어 비명을 지르며 달아날 것이다. 드라마 속의 한복 입은 선녀 같은 미녀는 실상과 애초에 거리가 멀다.

그래도 그때는 지금처럼 불안하지는 않았다. 불편과 불안은 어느 쪽이 더 위험한가? 우리는 선택의 여지가 없어 불안과 공생 중이지만, 불편으로 불안을 제거할 수 있다면 누구나 불편쯤은

마다하지 않을 것이 틀림없다.

같지만 달라야 한다

인문학은 질문하는 법을 배우는 학문이다. 저건 뭐지? 왜 그렇지? 어떻게 할까? 질문은 의심과 의문에서 나온다. 저렇게 해서 될까? 그러면 어떻게 해야 하지? 의심만 하고 있으면 오리무중에 빠진다. 질문을 제대로 해야 의문이 풀린다. 논문도 질문이 제대로 서야 문제가 풀린다. 제대로 된 질문이 없으면, 남이 안 한 것은 어떻게 해야 할지 몰라서 포기하고, 남이 많이 한 것은 해볼 도리가 없어서 주저앉는다. 질문만 제대로 서면 남이 많이 할수록 할 것투성이가 되고, 남이 안 한 것은 신이 나서 더 할 말이 많게 된다. 어떤 것이나 전인미답의 신천지다. 그러니까 내가 지금 뭘 궁금해하는지를 똑바로 아는 것이 먼저다.

맨날 이탈리아의 메디치 가문이나 벤치마킹한다고 르네상스가 이 땅에 재현되는 것은 아니다. 다산이 《목민심서》에서 제시한 매뉴얼대로 하면 완전히 망한다. 공무원에게 이걸 강의하면 한두 번 끄덕이며 듣다가 나중에는 우리를 무슨 도둑놈 집단으로 아느냐고 성을 낸다. 그래도 《목민심서》에서 말한 원리나 마음가짐은 지금과 똑같다. 각론 말고 원론이 그렇다는 얘기다. 그러니까 옛것을 배워도 그냥은 안 된다. 원리를 배워야지, 각론이나 매뉴얼로는 안 된다. 논문을 써도 그저 쓰면 안 된다. 질문의 경로를 바꿔야 한다. 질문만 바꾸면 모든 연구 대상이 내가 처음 하는 것이 된다.

《숙향전淑香傳》과 《무정無情》은 완전히 다르지만 정말로 같다. 《추월색秋月色》과 《바리데기》는 다를 게 하나도 없다. 《무정》은 근대소설인데 어째서 고전소설과 같은가? 고전소설을 권선징악의 틀로 바라보면 모든 작품이 다 거기서 거기다. 주제는 늘 뻔한 충효열이고, 스토리는 요즘 주말연속극처럼 모두 그게 그거다. 그대로 원문을 베껴 쓰기만 해도 원고지로 2만 장이 넘는 《옥원중회연玉鴛重會緣》 같은 고전 장편 대하소설을 3년간 밑줄 쳐서 메모해가며 읽고 나서, 스토리 주욱 정리해주고 주제는 충효열이더라고 선언한다면 그 3년이 너무 슬프다. 현대소설을 주제나 갈등구조, 또는 다른 키워드로 읽는다고 해도 모두 말 바꾸기에 지나지 않는다. 도대체 김동인이 자연주의인 것과 사실주의인 것이 무슨 차이가 있는가? 정지용이 이미지즘인지 모더니즘인지가 어째서 여전히 질문거리가 되는가?

미국에서 안식년을 보낼 때, 논문 지도하는 제자가 하도 논문을 못 쓰기에 답답해서 논문 작성 매뉴얼을 겸해 쓴 책이 《다산선생 지식경영법》이다. 논문을 못 써서 답답한 사람은 이 책을 읽어보길 바란다.

그런데 정작 대학원생들은 책을 하나도 안 사보고 기업체의 CEO들이 더 많이 사보았다. 맨날 피터 드러커 같은 사람의 책만

금과옥조로 알고 보다가 우리 것으로 된 책을 보니 속이 시원하더라는 말을 많이 들었다. 논술 교사들은 논술 작성과 공부법의 핵심을 그 책에서 읽었다는 반응을 보였다.

고전 콘텐츠, 인문 콘텐츠의 파워는 저자가 제 소리만 열심히 해도 다른 사람들이 모두 자기 언어로 알아듣는 데 있다. 예수가 설교하자 모인 군중이 자기 언어로 알아들었던 것처럼 말이다. 내가 예수라는 말이 아니라, 인문학의 전달력이 그렇다는 얘기다. 굳이 가공하지 않아도 된다. 가공은 그다음에 필요한 사람들이 직접 나서서 하면 된다.

그런 의미에서 인문학자들이 콘텐츠 시장에 제작자로 직접 뛰어드는 것은 대단히 볼썽사납다. 선무당의 작두질을 보는 것보다 민망하다. 될성부르던 학자들이 잠깐 만에 못 쓰게 된 것을 여럿 보았다. 작은 성공에 벌레 꼬이듯 달려드는 출판업자들의 부추김에 놀아나면 손에 쥔 모래처럼 가득 쥐었던 것들을 흔적 없이 다 잃고 만다. 모든 것은 전문의 영역이 있게 마련이니, 제 분수를 지키는 것이 맞다. 장님이 길 가던 도중에 눈을 뜨면 좋아서 팔짝팔짝 뛰겠지만 막상 제 집을 찾아갈 수가 없다. 그가 제 집을 찾아가려면 눈을 도로 감아야 한다. 남의 떡이 마냥 크게 보여도 내가 덥석 물면 체해 얹힌다. 본분을 지키고 분수를 지키는 것이 급선무다.

질문이 바뀌지 않으면 모든 것은 제자리걸음이다. TV 드라마는 지겹지도 않은지 재벌가 출생의 비밀, 교통사고, 기억상실증,

바뀐 신분, 배신과 파멸을 반복해서 변주한다. 주인공이 한 번은 여자고, 한 번은 남자인 것만 다르다. 시대 배경이 고구려와 조선과 현대인 것만 같지 않다. 드라마 〈광개토대왕〉이 〈대조영〉과 다른 점이 무언가? 〈주몽〉과 〈계백〉의 차이도 나는 잘 모르겠다. 앞으로 나올 것들도 틀림없이 다 똑같다. 물론 소재나 배경으로 장난쳐서 다른 척은 하겠지만.

초일류기업들의 공통점을 재조립해봐도 초일류기업은 도무지 나오지 않는다. 부분의 합은 전체가 아니다. 합치니 따로 논다. 수술은 아무 문제 없이 성공적으로 끝마쳤는데, 다만 아쉽게도 환자가 죽고 만 격이다. 다 똑같이 했는데 왜 결과가 다른가? 이 점을 이해하는 것이 중요하다.

이론이 모든 문제를 해결해줄 수는 없다. 그동안 우리는 서양의 이론만 죽어라고 따라다녔다. 결국 해결된 것은 하나도 없다. 골드만, 지라르, 시클롭스키, 라캉, 데리다, 비코에서 요즘은 지젝까지 열심히 따라가며 공부한다. 그래도 문제는 여전히 문제로 남아 있다. 원리를 보지 않고 각론만 쳐다보면 희망이 없다. 생각하는 방법을 배워야지, 생각의 결과를 배우면 재미도 없고 성취도 없다.

연암 박지원은 형形 속에 태態가 있고, 색色 속에 광光이 있다고 했다. 의미는 태와 광에 있지, 형과 색에는 없다. 유명 여배우가 한 목걸이나 핸드백를 내가 걸고 들면 왜 그 멋이 안 나는가? 이런 것은 참 슬픈 얘기다. 형과 색에 집착하는 한 악순환의 고리는 끊어지지 않는다. 예전에는 컬러가 다르고 사이즈가 다르고 퀄리티가 다른 것이 경쟁력이었는데, 지금은 가치와 철학이 달라야 경쟁력이 생긴다. 사람들은 표피로 흘러가는 것 말고 좀 더 근원적인 깊이에 눈을 돌리기 시작했다. 인문학이 요긴해지는 접점이 생긴 것이다.

박지원은 또 '비슷한 것은 가짜'라고 말했다. 남하고 똑같이 하면 망한다. 똑같아지려면 다르게 하면 된다. 요즘 새로 커피전문점 내는 사람들은 망하려고 작정한 이들이다. 10년 전 그 난리였던 안동찜닭집은 남아난 게 거의 없다. 한때는 안동에 가면 아줌마들을 찾기 힘들 정도였다. 소고깃집 내면 광우병 파동이 나고, 돼지고깃집 내면 구제역이 발생한다. 치킨집을 내자 조류독감이 돈다. 어찌해도 피할 길이 없다. 불운은 어쩌자고 나만 따라다니는 것 같다. 이런 것이 세상이다.

20세 청년이 80세 노인의 건강 비결이 궁금해서 훔쳐본다. 늙어 이빨이 없으니 죽만 먹고, 고기도 다져서 먹는다. 하루 종일 운동도 하지 않고, 절반은 잠만 잔다. 이게 80세 건강 비결이구나 싶어 그대로 하면 반년도 못 돼서 폭삭 늙어버린다. 똑같이 해서 똑같이 된 것이다. 건강을 따라 하고 싶었는데, 늙음을 따라 하게 된 것이 비극이긴 하지만. 이 말은 조선 후기 홍길주洪吉周가 한 말이다. 이런 말은 지금도 여전히 정신을 번쩍 들게 한다. 상동구이尙同求異! 같아져라, 하지만 달라야 한다. Change it, but do not change it!

남이 쓴 논문도 내가 쓰면 완전히 새 논문이 되어야지, 내가 쓴 새 논문이 남이 쓴 헌 논문과 똑같아지면 되겠는가? 질문이 안 서면 책을 더 많이 읽든가 공부를 그만두는 것이 옳다. '왜? 왜? 왜?'를 달고 살아야 한다. 같아야 같아지고, 달라야 달라진다. 같으면 다르게 되고, 다르니까 같다. 이 말뜻을 알겠는가?

나만의 색깔과 목소리가 필요하다

이제는 한국학 이야기를 조금 해야겠다. 입만 열면 인문학의 위기라는데, 날로 뜨거워지는 한국학의 열기가 의아하다. 한국학은 여태껏 '그들만의 리그'였다. 갑자기 수요가 늘자 아마추어가 전문가 흉내 내서 급조한 어설픈 콘텐츠도 한몫 가세한다. '한 권으로 읽는……' 같은 인스턴트 시리즈가 갑자기 유행한다. 정작 자칭 전문가들의 이야기는 어려워서 알아먹을 수가 없다. 지식 대중의 콘텐츠에 대한 수요는 갈수록 고급화·전문화된다. 독자를 만만하게 보았다가는 큰코다친다. 너나없이 알 권리를 주장하며 전문가를 닦달한다. 질문을 할 테니 대답을 내놓으란 얘기다.

이런 와중에 한국이 세계의 중심이요, 우리 민족이 가장 우수하다는 논리는 참으로 따분하다. 국수주의·민족주의의 함성은 우리 힘이 가장 빠졌을 때 늘 기승을 부린다. 콘텐츠 파워는 이런 배타적 논리 속에서는 질식하고 만다.

〈대장금〉이 전 세계를 그토록 감동시킬지 누가 짐작이나 했을까? 한복이 예쁘고, 주제가가 재미있고, 여배우가 연기를 잘해서가 아니다. '우리 것은 좋은 것이여!'도 더 이상 안 통한다. 고통과 시련에도 꺾이지 않는 견인불발堅忍不拔의 의지, 유혹과 불이익을 견뎌내며 지켜낸 정의와 인간성의 승리에 사람들은 열광했다. 연기력과 배경 상품은 그저 잔재미에 불과하다. 민족적 색채에 감동한 것이 아니라, 어디서나 있을 법한 보편적인 가치에 열광했다. 그 보편성이 특수성의 옷을 입은 채였기 때문에 한류 붐이 덤으로 일었다. 그 열광에 정작 당황한 것은 우리다.

그런데 이런 것은 오래가지 않는다. 드라마 〈허준〉을 보고 다음 해 봄에 중국과 한국에서 건강식품으로 매실 열풍이 불었다. 집집마다 매실을 사다가 설탕에 재느라 난리가 났다. 거기까지였다. 영화 〈사랑과 영혼〉이 공전의 히트를 치자, 그해 무용과 커트라인이 급상승했다. 하지만 그해뿐이었다.

우리는 맨날 르네상스를 말하고 메디치 가문만 들여다보고 있는데, 저들은 〈대장금〉 보러, 〈가을동화〉 보겠다고 한국까지 와서 난리법석을 떤다. 문화의 힘은 특수성의 전이에 있지 않고 보편성의 확인에서 나온다. 가장 한국적인 것의 세계적인 힘을 믿어야 할 때다. 나는 열심히 내 소리를 하면 남이 그 소리를 더 잘 알아듣는다. 그들에게 맞춰 이야기를 바꾸면 식상하다며 거들떠도 안 본다. 떡볶이는 매워야지, 그들의 입맛에 맞춰 덜 맵게 하면 이미 떡볶이가 아니다. 공부도 내 색깔이 있어야 한다. 내 목소리가 필요하다.

인터넷은 국경을 허물어버렸다. 정보는 동시다발적으로 확산되며 중심이 없다. 국경의 장벽도 없다. 그런데도 민족과 국가의 장벽이 한층 완고해지기도 한다. 국경이 허물어진 인터넷에서도 독도와 다케시마, 동해와 일본해는 지금도 결사항전 중이다. 국경이 허물어질수록 장벽이 더욱 높아지는 모순.

동해 문제에서 중국이 우리의 손을 들어준다고 그들이 우리 편인 줄 알면 착각이다. 이어도 문제가 나오면 죽이겠다고 달려들 것이다. 동북공정은 별도의 문제다. 쿠릴 열도나 댜오위다오釣魚島 문제도 똑같다. 여기에는 양보도 후퇴도 없다. 전부 아니면 전무의 사생결단만 있다. 그러니 착각하면 안 된다. 변수도 많고 꿍꿍이도 복잡해서 사는 일이 더 복잡하고 한층 팍팍해졌다. 이래저래 골치가 아프다. 대학원을 졸업한다고 해도 핑크빛 미래가 보이지 않는다. 공부가 나를 구원해야지, 내가 공부를 구원하려 들면 안 된다.

쓰고 보니 앞뒤도 없는 횡설수설의 글이 되었다. 다시 첫 질문으로 돌아간다. 왜 인문학인가? 무엇이 같고 달라졌는가? 질문의 경로를 어떻게 바꿀까? 어떻게 달라져야 같아질 수 있는가? 껍데기는 가라. 비슷한 것은 가짜다.

논문 작성과
텍스트 분석

논문 때문에 괴로운 사람들이 많다. 쓰긴 써야겠는데 어디서부터 쓸지, 무엇을 쓰고 어떻게 쓸지 몰라서다. 무턱대고 자료를 모은다고 해결될 문제가 아니다. 그렇다고 손 놓고 있기도 괴롭다. 논문 작성에서 가장 필요한 능력은 텍스트를 장악하는 힘이다.

담론으로 읽고, 겉멋으로 읽고, 남 따라 덩달아 읽으면 텍스트는 늘 나와 따로 논다. 텍스트가 내 것이 되려면 텍스트 읽기의 주체가 남이 아닌 내가 되어야 한다. 논문 작성에서 가장 큰 걸림돌은 문제가 무엇인지 모르는 것이다. 문제를 알아야 문제를 해결하겠는데, 문제가 뭔지 모르는 것이 가장 큰 문제다.

우선은 목표를 정하고, 방향을 설정한 후 방법론을 살펴서 구체적인 분석으로 들어가야 한다. 내 목소리를 찾고, 그다음에 남의 이야기를 들여다본다. 선입견이 먼저 들어가면 내 생각을 펴기가 어렵다. 서툰 읽기가 문제 되는 것이 아니라, 잘못 읽기가 문제다. 들어가는 경로가 잘못되면 언제나 딴 데 가서 헤매게 된다.

문학 연구자에게 텍스트 분석은 기본기에 해당한다. 기본기가 없으면 필살기도 없다. 복싱도 잽과 어퍼컷이 어우러져야 스트레이트에 힘이 실린다. 리듬을 타야 한다. 처음부터 어깨에 힘이 잔뜩 들어가 스트레이트만 휘둘러대면 제풀에 지쳐 나가떨어진다. 복싱에서 주먹의 강도와 스피드보다 중요한 것은 기초 체력이요 기본기다. 맷집도 필요하다. 텍스트 읽기는 체력 훈련이요, 기본기 습득 과정에 해당한다. 이 기본기를 갖추지 않고 시합에 나가면 의욕이 앞서 폼만 잡다가 KO패하고 만다. 주먹만 휘두르다가 제풀에 쓰러진다.

문학 연구 현장에서 이 문제는 대단히 심각하다. 연구자들은 텍스트를 꼼꼼히 읽지 않고, 그것을 둘러싼 주변 담론만 공부한다. 제가 읽지 않고 남들이 어떻게 읽었는가만 살핀다. 그 결과는 기존 담론에 적당히 편승하거나, 적당히 거부하고 다른 대안을 찾는 것으로 귀결된다. 텍스트는 여전히 손도 대지 않은 채로 말이다.

이래서는 '내' 말을 할 수가 없다. 이것은 문학 연구도 아니다. 문학 연구자는 역사학자와 다르다. 역사학자는 사실과 데이터에서 출발한다. 문학 연구자는 텍스트에서 출발해 텍스트에서 끝난다. 문학 연구자가 역사학자를 흉내 내면 어설퍼진다. 역사학자가 문학 연구자를 기웃거리면 공허해진다. 길이 다르다.

예전에 주자와 김인후 한시의 어휘를 분석한 논문을 보았다. 당시로서는 최첨단이라 할 컴퓨터 통계를 가지고 가장 자주 등장한 어휘를 가려서 그것을 단순 대비했다. 시도는 좋았는데 영점조준이 안 된 상태여서 통계 수치에 끌려다니다 제 말은 한 마디도 못하고 끝났다. 최근에는 역사학자가 이육사의 시를 읽은 책을 읽었는데, 온통 육사의 동선에다가 시 속의 한 구절 한 구절을 일대일로 대입해서 짜맞춘 것이었다. 이것은 논증도 아니고 폭력에 더 가까웠다. 그의 관점에 따르면, 이육사는 살아 있는 매 순간순간이 독립운동의 화신이라야만 했다.

분석이 해석보다 앞서야 하는 것은 둘 다 같다. 분석이 잘 진행되어야 해석이 가능하다. 그런데 가만 보면 분석 없이 대뜸 해석의 단계로 건너뛰려 든다. 대부분 연구의 문제는 바로 이 지점에서 생겨난다. 해석에 똑 부러지는 내용이 없다 보니, 다 읽고 나서도 무슨 소린지 알 수 없는 글이 되고 만다.

이런 문제는 대부분의 학회 발표에서 계속해서 되풀이된다. 발표자는 저도 모를 소리를 하고, 청중은 제가 부족해서 못 알아듣나 보다 한다. 이때 발표자가 자신의 빈틈을 간파당하지 않고 청중을 현혹하기 위한 가장 강력한 수단은 문체다. 좀체 내용을 알 수 없는 화려한 수사로 본질을 숨기는 전략이 종종 동원된다. 절대로 결정적인 말은 하지 않는다. 책임질 말도 않고, 대충 미끄러져가면서 빠져나갈 구멍을 만들어둔다. 남이 정면에서 문제를 지적하면 제 주장을 더 펴지도 않고 꼬리를 내린다. 원래 자신이 없었기 때문이다. 좀 튀어보려고 해본 소리였기 때문이다. 이런 글은 하나마나한 글이요, 쓰나마나한 낙서다.

사정이 이렇다 보니 발표를 듣거나 논문을 읽으면서 밑줄을 긋고 흥분을 느끼는 경우가 좀체 없다. 아니, 논문을 쓰는 과정이 경이와 흥분의 연속인 경우가 거의 없다. 논문 쓰기는 어쩔 수 없는 괴로운 노동이 된 지 오래다. 공부의 천진한 기쁨은 사라져 버렸다. 왜냐? 연구자가 늘 저도 모를 소리만 하고 있기 때문이다. 저만 아는 소리를 하지 않고, 남이 한 얘기를 적당히 얼버무리려 드니, 기쁨이 샘솟지 않고 괴로움에 짓눌린다.

제 말을 좀 해보려 해도 어디서부터 어떻게 손을 댈지 몰라 난감하다. 도대체 주제가 보이지 않는다. 무엇을 써야 할지, 어떻게 써야 할지 알 수가 없다. 오리무중에 갇혀 이리저리 헤매느라 정신이 없다. 문제를 만들어내는 훈련이 전혀 되어 있지 않다. 다른 연구를 읽어봐도 답답하기는 마찬가지다. 어렵사리 논문 한 편을 써도 그다음 논문을 쓸라치면 다시 제자리걸음이다. 한숨만 나온다.

이 문제를 해결하려면 읽기 훈련을 잘해야 한다. 꼼꼼히 읽고, 따져서 읽고, 흔들어 읽고, 뒤집어 읽어야 한다. 덩달아 읽지 않고 꼼꼼히 읽고, 겉만 보지 않고 속살을 보며, 대충 읽지 않고 똑

바로 읽어야 한다. 잘 읽어야 해석이 가능하다. 해석이 있어야 가설이 나온다. 가설은 내가 읽기의 주체가 될 때만 생긴다. 남 따라 읽고, 덩달아 읽으면 가설은 성립되지 않는다. 가설은 일종의 질문이자 의문이다. 무슨 말인가? 과연 그럴까? 정말 그럴까? 내게는 그렇게 보이지 않는데, 그는 왜 이렇게 읽었을까? 내 식으로 읽으면 어떻게 달라지나? 질문이 의문으로 발전해야 비로소 글을 쓰기 시작할 수가 있다. 이 단계에 이르지 못하면 자료조사를 많이 해도 글 한 줄 쓸 수 없게 된다. 아니, 조사를 많이 하고 기존 연구 성과를 검토하면 할수록, 남이 다 해놓은 것 같아 한 마디도 더할 수가 없게 된다.

해석과 해설을 혼동하는 것도 문제다. 해석에는 내가 있고, 해설에는 내가 없다. 풀이만 하면 해설이고, 관점이 들어가야 해석이 된다. 연구는 해석을 하자는 것이지 해설과는 상관이 없다. 해석해서 제 관점을 세우자는 것이지, 해설해서 감상하는 수준에 머물면 안 된다. 그런데 많은 연구에서 해석은 없고 해설만 있다. 특히 소설 연구에서는 이 점이 심각하다. 글을 다 읽고 나도 남는 것이 없다면, 필경 해설만 있지 해석이 없었기 때문이다. 해석 없는 해설은 김빠진 맥주다. 해설 없는 해석도 곤란하다. 해석은 해설에서 출발해 더 깊이 들어갈 때 나온다. 해설을 넘어 분석을 하고, 그 분석의 결과를 해석한다. 그런데 해석이 먼저 있고, 작품은 나중인 경우도 많다. 먼저 결론을 만들어놓고 꿰어맞춘다는 얘기다.

연암 박지원은 〈소단적치인騷壇赤幟引〉이란 글에서 글쓰기의 핵심으로 '혜경蹊徑'과 '요령要領'을 꼽았다. 혜경은 '갈 길'이다. 글은 먼저 번지수를 잘 찾아야 한다. 내가 지금 무엇을 하고 있고, 무엇을 말하려 하는지를 따져 아는 것이 혜경이다. 공략 목표를 분명히 하는 것이 혜경이다. 총을 쏘더라도 덮어놓고 쏘면 안 되고 표적을 정확히 조준하는 것이 먼저다. 그러다 맞겠지 해서 쏘아 맞는 법은 세상에 없다. 요령은 요령을 피운다는 말이 아니라, 문제의 아킬레스건을 꽉 움켜쥐라는 뜻이다. 핵심을 장악하고, 쟁점을 파악하라는 말이다. 내가 왜 여기에 있는지, 어디로 가는지 아는 것이 혜경이라면, 내가 무엇을 하는지, 이 문제를 해결하기 위해 어떻게 해야 하는지 아는 것은 요령이다.

그는 이렇게 말했다. "대저 갈 길이 분명치 않으면 한 줄도 쓰기가 어려울 뿐 아니라, 항상 더디고 껄끄러운 것이 병통이 된다. 요령을 얻지 못하면 아무리 이런저런 생각을 많이 해도 오히려 성글고 새는 것을 근심하게 된다." 그러니까 논문 쓰기는 갈 길을 분명히 하고, 요령을 얻는 데서 시작된다. 텍스트를 열심히 읽고 기존 연구 성과를 꼼꼼히 분석하는 것은 갈 길을 분명히 하고 요령을 얻기 위해서다.

이 과정이 잘 이루어지면, 그다음은 가설이다. 가설은 자신의 관점을 세우는 과정이다. 관점이 없으면 글도 없다. 무엇을 볼지 모르는데 무엇이 보이겠는가? 가설은 어디까지나 충실한 텍스트 읽기의 결과여야 한다. 만일 내 글쓰기가 지지부진해서 꽉 막혀 있다면, 나의 텍스트 읽기가 이 지점에 머물러 있다는 증거로 봐도 무방하다. 이 관문을 돌파하려면 책을 많이 읽어야 한다. 다른 텍스트를 읽어보고, 생각의 방법을 점검해보며, 전혀 다른 분야도 기웃거려볼 필요가 있다. 다른 것을 보아야 비교의 관점이 생겨난다. 전혀 엉뚱한 다른 주제를 다룬 다른 사람의 논문에서 내 생각의 실마리가 풀리는 경우가 뜻밖에 많다. 긴장을 풀고 이완된 상태에서 여기저기 어슬렁거릴 필요가 있다. 내면의 욕구가 강하다면, 이런 어슬렁거림은 결코 오래가지 않는다. 호랑이는 토끼 한 마리를 잡을 때도 최선의 집중을 다한다. 하지만 어슬렁거리지 않고 제자리에만 머물면 토끼 한 마리도 발견할 수가 없다.

그다음은 논증이다. 내가 세운 가설을 입증하지 않고는 아무도 내 생각에 동의하지 않는다. 가설이 아무리 그럴듯해도, 논증으로 입증하지 않으면 설득력이 없다. 논증에는 증거가 필요하다. 남이 보고도 놓친 지점, 대충 지나간 부분을 물고 늘어져야 한다. 작은 빈틈을 예리하게 찔러야 한다. 이게 안 되면 논문을 못 쓴다. 해도 안 되면 공부를 그만두는 것이 옳다. 붙들고 고집하면 여러 사람이 피곤해진다.

여기서 옛사람들의 학문 방법에 대해 잠깐 음미하고 넘어가자. 우선 질서疾書와 이택麗澤이란 두 단어를 소개하겠다. 질서는 말 그대로 생각이 달아나기 전에 재빨리 쓰는 것이다. 공부 도중에 퍼뜩 생각이 떠오르면 자다가도 벌떡 일어나 메모를 해야 한다.

공부하는 사람에게 메모하는 습관만큼 중요한 것이 없다. 생각은 섬광처럼 사라진다. 그 순간에 포착하지 않으면 아예 없었던 것과 같다.

공부는 텍스트 읽기의 과정에서 두서없이 떠오른 의문들을 가지쳐서 체계화하는 과정과 절차일 뿐이다. 질 높은 질문이 있어야 제대로 된 의문과 가설로 발전시킬 수가 있다. 질서란 말은 송나라 때 철학자 장재張載의 공부법에서 나온 말이다. 그는 침대 옆에도 붓과 벼루를 항상 대기해놓고 생각만 나면 거기에 메모했다. 다산 선생의 그 많은 작업도 어찌 보면 이 메모벽의 결과다. 메모 없이는 공부도 없다.

이택은 두 개의 연못이 이어져서 서로에게 상호 물대주기를 하는 것이다. 서로 얼굴을 맞대고 토론하고 논쟁해 문제의식을 키워주고 발전시킨다. 스터디그룹을 만들어 함께 공부하는 것은 폼 잡기 위해서가 아니다. 선후배 간에 이런 공부의 소통을 통해 이택의 효과를 보기 위해서다.

질서든 이택이든 목표는 자득自得에 있다. 공부는 왜 하는가? 제 목소리를 내기 위해서다. 제 목소리를 내는 것을 일가를 이룬다고 한다. 일가 중에서도 센 사람이 대가다. 공부의 최종 목표는 대가가 되는 데 있다. 대가 자체가 목표가 아니라, 남과 구분되는 나만의 목소리를 갖기 위해 공부를 한다는 말이다. 자득은 제 목소리를 갖게 된다는 뜻이다. 지금까지 남의 목소리만 내다가, 비로소 내 목소리를 내게 되었을 때의 기쁨을 무엇으로 설명할 수 있겠는가. 그런데 제 목소리는 그저 나오지 않고, 수많은 온축과 축적 속에서만 나온다는 사실을 사람들은 흔히 간과한다.

정리한다. 우리는 공부하는 사람들이다. 공부는 가슴과 머리로 한다. 텍스트와 만나는 것은 가슴이 하고, 가슴이 만난 의미를 되새기는 것은 머리가 맡는다. 감수성만 뛰어나면 논리가 안 서고, 논리가 승하면 텍스트를 제멋대로 읽기 쉽다. 공부를 해서 자유로워져야지, 공부 때문에 억압을 받으면 안 된다.

자유로워지려면 고생을 많이 해야 한다. 그저 되는 공부는 어디에도 없다. 고생을 많이 할수록 더 자유로워진다. 그저 먹으려 들면 진짜 고생하거나 아예 고생할 일이 없게 된다. 그러자면 기본기를 다지고, 체력을 길러야 한다. 한 방에 나가떨어지지 않으려면 맷집도 길러야 한다. 열심히 다양한 텍스트를 읽고, 분석하고 해석해서 제 생각과 남의 생각을 견줘보아야 비로소 관점이라는 것이 생긴다. 연습 중에는 시행착오를 두려워할 필요가 없다. 정작 본 경기에서 시행착오를 범하지 않으려면 연습밖에는 방법이 없다. 남 따라 말고 저대로 하고, 그런대로 하지 말고 제대로 하며, 덩달아 하지 말고 나름대로 해야 한다.

변치 않으려면 변해야 한다

세상은 날마다 변한다. 하지만 따져보면 막상 변한 것은 하나도 없다. 지금 우리가 생각하고 꿈꾸는 것을 옛사람들도 똑같이 궁리하고 소망했다. 우리를 둘러싼 물질 환경은 하루가 다르게 변한다. 하지만 희로애락, 생로병사로 이어지는 삶의 본질은 조금도 달라진 것이 없다. 어찌 보면 인생은 과거 선인들이 걸어온 길을 되풀이하는 것에 지나지 않는다. 그들이 넘어진 곳에서 우리는 똑같이 넘어진다. 그들의 시행착오를 우리는 그대로 되풀이한다. 몇백 년 전에 하던 고민을 오늘도 반복한다.

사람들은 드라마에 열광한다. 그 많은 드라마가 가만히 살펴

보면 다 똑같다. 재벌 2세가 등장하고, 주인공은 늘 가난하며, 그로 인해 온갖 역경과 시련을 겪어야 한다. 등장인물은 반드시 삼각관계로 얽히고, 악역의 방해꾼이 있다. 출생의 비밀이 있고, 교통사고나 기억상실증이 양념처럼 들어간다. 우여곡절 끝에 해피엔딩으로 끝난다. 역사극의 경우도 이 공식은 거의 그대로 유지된다. 드라마마다 설정과 배경만 조금씩 다를 뿐 본질적인 내용은 다를 게 없다. 이 드라마에서 조역으로 나오는 사람들이 다른 드라마에서도 똑같이 되풀이해 등장한다. 그런데도 사람들은 그 뻔한 이야기에 애를 태우고 환호한다.

요즘 사람들이 주말마다 TV 앞에 앉는 것 이상으로 옛사람들은 고전소설을 읽으며 탄식하고 환호하며 삶의 시름을 잊었다. 거기에도 똑같이 훌륭한 가문의 후손이 온갖 역경과 시련을 이겨내고, 악인의 간계에 맞서 이를 분쇄하고 마침내 행복을 쟁취하는 권선징악의 주제가 등장한다. 옛날과 지금이 다를 것이 하나도 없다.

지금도 드라마에 열광하는 폐인들이 있다. 때로 극중 인물과 배우를 혼동해 한바탕 소동이 벌어지기도 한다. 예전에도 그랬다. 주인공이 간신의 모함을 받아 위기에 처하면 안타까운 탄식에 땅이 꺼졌고, 그들의 고난에 공감하며 눈물을 줄줄 흘리고 발을 동동 굴렀다. 조선시대 소설의 폐인도 지금 드라마의 폐인만 못지않았다.

오늘과 옛날의 차이는 고작해야 대학입시와 과거시험의 차이에 불과하다고 나는 생각한다. 젊은이들이 고시에 패스해서 판검사가 되기를 꿈꾸거나 대기업에 취직하기를 소망하는 것은 예전 젊은이들이 과거급제에 본인과 집안의 명운을 걸었던 것과 한가지다. 지금 사람들이 드라마를 좋아하는 것과 옛사람들이 소설에 열광했던 것도 따지고 보면 다를 게 없다. 삶의 본질은 하나도 변하지 않았다. 아니, 변할 수가 없다.

어째서 역사의 격랑 앞에서 보여주는 인간들의 반응은 고금에 한결같이 똑같을까? 왜 사람들은 지나간 역사의 기록 속에서 삶의 교훈을 얻으려 하지 않을까? 왜 사람들은《금오신화金鰲新話》를 읽으라고 하면 시큰둥해하면서, 〈천녀유혼〉이나 〈사랑과 영혼〉 같은 영화를 보면서는 감동을 받을까? 다 똑같은 이야기인데 말이다. 옛날과 지금은 표현매체나 방식이 달라졌을 뿐 본질적으로 똑같다.

고전의 매력

고전이란 과거로부터 누적되어 쌓인 삶의 지혜다. 과거는 '오래된 미래'다. 지나간 시간 속에 현재의 문제가 있고, 미래의 해답이 있다. 과거로부터 차곡차곡 누적되어온 삶의 지혜가 그대로 이전될 수만 있다면 얼마나 좋겠는가. 우리가 고전을 공부하는 까닭은 현재와 미래를 위해서지 과거를 위한 것이 아니다.

나는 대학에서 고전문학, 그것도 한문학을 강의하는 고전학자다. 매일 읽고 보는 책은 한자투성이의 한적漢籍들이다. 나는 어떻게 고전공부를 평생의 직업으로 삼게 되었을까? 지금까지는 그런 생각조차 별로 해본 적이 없다. 사람들은 내가 한문으로 된 책을 읽고 이것을 가지고 공부한다고 하면 경이로운 눈으로 쳐다본다. 어려서 서당에 다녔느냐고 묻기까지 한다. 글로만 읽다가 처음 만나면 내가 퍽 나이 든 노인인 줄 알았다는 사람도 많다. 나는 서울에서 고등학교를 졸업했다. 입시공부에 시달리다가 대학에 들어왔다. 대학 때는 시인이 되려고 습작을 열심히 하고 문학회 활동을 했다. 서당을 다닌다거나 한문을 따로 배울 처지가 아니었다. 한문공부는 대학원 들어와서 뒤늦게 외국어 공부하듯이 했다.

돌이켜보면 고등학교 한문시간이 내게 고전의 매력을 일깨워준 첫 번째 계기였던 것 같다. 두보의 시 〈강촌江村〉을 배우는데 선생님께서 노래하듯 한시창을 들려주셨다. "청강일곡포촌류(淸江一曲抱村流)하니" 하며 부르는 그 가락이 듣기 좋았다. 집에 와서 오르간 건반을 두드려 이것을 악보로 옮겨놓고 혼자서 따라 했다.

그다음부터 교과서에 나오는 한시란 한시는 전부 이 가락에 맞춰 다 외웠다. 누가 시킨 것도 아닌데, 나 혼자 좋아서 외웠다. 틈만 나면 종이의 여백에 내가 외운 한시를 옮겨 적는 것이 당시 내 취미였다. 무엇이 그렇게 좋아서 그랬는지는 모르겠지만, 그

때는 그게 그렇게 재미있었다. 지금도 그때 외운 한시는 입에 붙어 있다.

〈관동별곡關東別曲〉도 학교를 오가는 버스에서만 외워 한 달여 만에 다 암송했다. 이제는 많이 잊어버렸지만, 지금도 내게 몇 시간만 주면 막히지 않고 전부 다 외울 자신이 있다. 〈상춘곡賞春曲〉과 이런저런 시조 작품들도 그렇게 다 외웠다. 흥취에 젖어 외우다 보면 옛사람들의 풍류와 가락이 리듬을 타고 생생하게 전해져왔다.

고전의 매력에 눈을 뜬 두 번째 계기는 뒤늦게 대학교 4학년 여름에야 찾아왔다. 학과에서 한문특강이 개설되었다. 외부에서 한문 선생님을 모셔와서 여름방학 특강을 했다. 고등학교 때 한시도 줄줄 외우고 했기 때문에 나는 내가 한문을 꽤 잘하는 줄 알았다. 처음 한 주는 서예반 탁본여행 때문에 빠졌다. 그다음 주에야 처음 나갔다. 첫 줄 가운데 자리에 앉았다.

당시 한문강의를 맡으셨던 이기석 선생님은《맹자》강의를 하고 계셨다. 구절마다 소리를 내서 읽게 하고는 하나하나 짚어가며 해석을 시키셨다. 선생님께서 물어보셨지만 막상 하나도 대답하지 못했다. 자존심이 너무 상했다. 그때부터 선생님을 모시고 본격적으로 한문공부를 시작했다. 대학원에 진학하면서는 누가 시키지 않았는데도 자연스레 고전문학 전공을 선택했다.

처음 덤벙대며 덤비기만 하던 나를 선생님은 차분하게 가라앉혀주셨다. 공부를 하다가 해석이 안 되어 여쭈면 "사전을 찾아봐!" 하셨다. "찾아봤는데요?" "다시 찾아봐." 그래서 사전을 찾으면, "무슨 뜻이 있지?" 하고 물으셨다. 이런저런 뜻이 있다고 말씀드리면 "거봐, 거기 있잖아" 하셨다. 뜻은 꼭 뒤쪽에 숨어 있곤 했다. 선생님의 사랑을 많이 입었다. 나도 선생님을 정성껏 모셨다. 그러는 사이에 조금씩 한문 문장을 읽는 문리文理가 났다. 구문이 보이고 행간이 읽히기 시작했다.

고전에서 만난 옛사람

고전을 공부하는 길에서 참 많은 옛사람들과 만났다. 석사논문은 선조~광해군 때의 시인 권필權韠(1569~1612)을 가지고 썼다. 그는 조선시대를 통틀어 다섯 손가락 안에 드는 시인이었다. 광해군의 폭압을 풍자하는 시를 썼다가 임금의 노여움을 입어 곤장을 심하게 맞고 귀양 가는 도중에 죽었다. 그의 시를 가지고 한시공부를 처음으로 시작했다. 석사학위를 받은 뒤에도 그에 관한 공부를 계속했다. 심할 때는 잠자고 밥 먹는 시간만 빼고는 하루 열여섯, 열일곱 시간씩 그에 관한 논문만 쓴 적도 있다. 그렇게 몰입하자 몇 번씩 꿈에 그가 나타났다. 그런 뒤에는 어떤 시를 읽어도 그 속이 훤히 들여다보였다. 그의 마음결까지 느껴졌다. 한 작가에 몰입해서 그를 통해 한시 전반을 살펴보는 안목을 배우고 익혔다.

박사논문은 한시로 쓰지 않고 고전문장론을 가지고 썼다. 한 분야만 계속하면 안목이 좁아진다고 지도교수께서 그렇게 강권하셨다. 그래서 19세기 기호畿湖 지역 문장가들의 작문이론을 가지고 박사논문을 썼다. 조선 중기 한시를 공부하다가 갑작스레 조선 후기 산문이론을 공부하자니 도무지 갈피를 잡을 수가 없었다. 시행착오도 많았다. 꾸준히 하고 부지런히 하자 차츰 갈래가 보이고 맥락이 잡혔다. 처음에는 스승이 원망스러웠는데, 시간이 지날수록 감사하는 마음이 커졌다. 한시를 먼저 공부하고 산문을 읽으니 행간을 분석하고 따지는 데 훨씬 더 섬세한 점이 있었다.

박사논문을 쓰고 나서 위로 더 거슬러 올라가다가 박지원을 만났다. 그는 거인처럼 우뚝 서서 내 앞을 가로막았다. 나는 처음 그의 글을 읽고 큰 충격을 받았다. 너무 재미있는데, 그게 뭔지 종내 잡히지 않았다. 오래 궁리해서 무언가 잡았다 싶으면 메기처럼 손 사이로 미끄러져나갔다. 강의시간에 학생들과 그의 글을 읽었다. 읽을 때마다 이런저런 생각과 의문들이 꼬리를 물고 이어졌다.

그는 내게 늘 생생한 질문을 던졌다. 눈 뜬 장님, 가죽신과 나막신, 귀울림과 코골이 등 쉴 새 없이 던져대는 수수께끼 같은 질문 앞에 나는 완전히 압도당했다. 한문 원문을 들고 밤새 궁리하다가 새벽녘에 아파트 놀이터로 나가서 이슬에 젖은 그네에 앉아 원문에 메모를 하고 이런저런 생각을 적곤 했다. 30대의 박지원이 쓴 글을 당시 비슷한 또래였던 내가 이해하지 못해 쩔쩔매는 모습이 안쓰러웠다. 박지원의 산문 한 편 한 편에는 그런 고민의 시간들이 켜켜이 녹아 있다. 그의 글을 읽을 때마다 그 안타까운 고심의 풍경들이 생생하게 떠오른다.

최근 10여 년간은 정약용의 인간과 학문에 푹 젖어 지낸다. 그는 강진에서 18년간 귀양 살면서 수백 권의 저서를 남겼다. 경이로움을 넘어 경악할 만한 성과를 남겼다. 남 같으면 벌써 낙담해서 폐인이 되었을 그 긴 시간에 그는 빛나는 학문의 금자탑을 세웠다.

나는 18세기 지식인의 왕성한 지적 호기심과 지식경영에 대한 논문을 작성하다가 정약용을 새롭게 만났다. 그는 너무나 현대적 감각을 갖춘 지식경영가요 탁월한 편집자였다. 어떤 복잡한 문제도 그 손에 걸리면 너무도 쉽게 풀이되어 일목요연해졌다. 그는 그 많은 일을 혼자 하지 않고, 자식과 제자들에게 역할을 분담시켜 집체작업 방식으로 효율성과 창의성을 살려냈다. 그는 늘 진지했고, 따뜻한 마음씨를 잃지 않았다. 다분히 풍자적이고 냉소적인 박지원과는 성향이 전혀 달랐다. 박지원은 툭 트인 거인의 풍모를 보여주고, 정약용은 꼼꼼하고 자상한 아버지 같다. 두 사람은 달라도 한참 다른데, 그 다른 점이 모두 내게 큰 스승이 되었다.

고전을 공부하면서 만난 옛사람은 수없이 많다. 그중에서도 권필과 박지원, 정약용 세 분은 특히나 내 공부에 큰 영향을 미쳤다. 이들과 만나고 나서 나는 참 많이 변했다.

권필은 그 곧은 삶의 태도와 매서운 성정으로 불의와 타협할 줄 모르는 정신을 내게 일러주었다.

박지원은 생각의 방법과 생각의 힘이 갖는 위력을 몸소 몸으로 보여주었다. 박지원을 만나고 나서 나는 생각하는 방식도, 글쓰기의 태도도 다 바뀌었다. 나는 그처럼 글을 쓰고, 그와 같이 생각하고 싶었다. 몇백 년 전에 죽은 옛사람의 글이 오늘의 내 삶에 이렇게 직접적으로 간섭하고 영향을 주는 것이 처음에는 아주 이상하게 느껴졌을 정도였다.

정약용은 위대한 스승답게 문제를 해결하는 온갖 과정을 꼼꼼하게 제시해주었다. 그의 효율적인 작업 방식과 정보 수집과 정리 방법은 지금까지 내가 해왔던 방법과 아주 비슷했다. 친밀감을 느꼈다. 그의 저작을 살펴보면서 나는 그가 어떤 과정을 통해 이런 작업을 해낼 수 있었는지 대번에 알아챌 수 있었다. 그는 천재이기에 앞서 대단한 노력가였다. 앉아서 열심히 공부만 하다 보니 방바닥에 닿은 복사뼈에 세 번이나 구멍이 났다. 혹독한 시련을 그는 새로운 기회로 만들었다. 좌절하지 않고 떨쳐일어나 큰 업적을 남겼다.

이 세 분 스승과 만나 내 삶의 눈길은 깊어지고 안목은 넓어졌다. 누가 옛사람을 죽은 사람이라고 말할 수 있겠는가.

고전에서 무엇을 배울까?

고전을 공부하는 일은 옛사람과 대화를 나누는 일이다. 이미 흙으로 돌아간 옛사람을 글을 통해 만나 살아 숨 쉬는 그들의 호흡을 느끼는 것은 얼마나 멋진 일인가. 고전은 시간 속에서도 그 가치가 조금도 바래지 않는다. 나날이 새롭고 언제나 새롭다. 고전을 통해 우리는 시간과 공간적 제약을 뛰어넘어 과거와 직접 소통한다.

시간은 흘러가고 삶의 양태는 끊임없이 변한다. 이때 옛날이란 고정불변의 가치가 아니다. 옛사람은 남을 따라 하지 않고 자기만의 목소리를 내서 고전이 되었다. 지금 내가 그들의 자취를 제대로 배우는 길은 그들을 그대로 흉내 내지 않고, 그들이 그랬던 것처럼 나만의 목소리를 내는 것이다. 그래야 훗날 사람들이 내가 한 것을 두고 고전이라고 부를 것이다. 변치 않는 옛날이 되려면 변해야 한다. 그 변화 속에서 변치 않는 삶의 본질을 꿰뚫는 지혜가 샘솟아난다.

우리가 옛것에서 배울 것은 본질이지 현상이 아니다. 정신의 원리이지 삶의 형식이 아니다. 형식은 달라도 본질은 같은 것이 진짜다. 겉보기는 똑같은데 알맹이가 다른 것은 가짜다. 옛사람은 이것을 '상동구이'라고 했다. '같음을 지향하되 다름을 추구한다'는 말이다. 같음을 지향한다는 말은 그 정신의 원리를 두고 하는 말이고, 다름을 추구한다는 말은 그 형식의 새로움을 일컫는 말이다.

지금 한시를 배우는 것은 한시를 짓기 위해서가 아니다. 한문을 배우는 것은 그 안에 담긴 정신을 배우기 위해서지 한문 문장가가 되기 위해서가 아니다. 그런 것은 이미 아무 쓸데가 없다. 고전은 현재와 소통할 때만 가치가 있다. 형식에 집착해서 본질을 놓치면 아무런 보람이 없게 된다. 고전을 제대로 배운 사람은 옛것을 끌어와 당면한 문제를 해결한다. 이런 것을 '통변通變'이라고 한다. 《주역》에 나오는 말이다. 사물은 오래되면 변해야 한다. 변하지 않으면 통하지 않는다. 변하면 다시 통한다. 통해야만 오래갈 수가 있다.

만고불변의 진리는 없다. 변치 않는 가치란 존재하지 않는다. 옛날을 공부해서 과거로 돌아가자고 하는 것은 바른 태도가 아니다. 고전을 공부하는 것은 결국 변해야 할 것과 변해서는 안 될 것을 분간하는 과정이기도 하다. 열심히 변해도 이 분간을 잘 못하면 안 된다. 바꿔야 할 것을 고집하고, 바꿔서는 안 될 것을 바꾸면 결과가 엉망이 된다. 바꿔야 할 때 바꾸고, 지켜야 할 때 지킬 줄 알아야 한다. 공부를 통해 그것을 보는 안목과 기준을 세울 수 있어야 한다.

생각을 조금만 바꾸면 모든 옛것은 다 새롭다. 당나라 때의 유명한 문장가 한유韓愈는 "풍부해도 한 글자도 남아서는 안 되고, 간략하지만 한 마디도 빠뜨려서도 안 된다"고 말했다. 좋은 글이란 이렇게 한 글자조차 보탤 수도 뺄 수도 없는 글이다. 한문으로 쓰면 '풍이불여일자豊而不餘一字, 약이불실일사約而不失一辭'다. 한문으로 쓰면 도대체 무슨 말인지 알 수 없지만, 우리말로 풀어 쓰면 글 쓰는 사람이 늘 마음에 새겨야 할 귀한 가르침이 된다. 고전은 대부분 알아들을 수 없는 한문으로 되어 있다. 하지만 그 안에 담긴 콘텐츠를 쉽게 풀이하면 오늘날에도 여전히 유용하고 소중한 일깨움을 준다.

고전은 생각처럼 고리타분하지 않다. 형식에 집착하는 사람들은 옛것을 따분하다고 말한다. 하지만 알맹이를 가려낼 줄 아는 사람은 해묵은 옛날에서 늘 새로운 가치를 찾아낸다.

고인도 날 못 보고 나도 고인 못 봬
고인을 못 뵈어도 가던 길 앞에 있네
가던 길 앞에 있거든 아니 가고 어이리

이황 선생의 시조다. 비록 옛사람과 맞대면할 수는 없지만 남긴 글을 통해 우리는 그와 만날 수 있다. 가야 할 떳떳한 길이 훤히 보이는데 어찌 그 길을 가지 않을 수 있겠는가. 천고를 벗삼는다는 상우천고尙友千古란 바로 이를 두고 하는 말이다.

우연찮게 들어선 고전공부의 길에서 나는 옛사람을 통해 늘 새롭게 채워지는 나와 만난다. 고전은 이미 용도폐기된 화석 같은 것이 아니다. 박물관으로 보내야 할 케케묵은 골동품은 더더구나 아니다. 옛 책을 펼칠 때마다 나는 경이에 가득 차서 그 새로움으로 낡고 진부한 현실을 들여다본다. 나는 더 많은 젊은이들이 고전의 바다에서 무진장한 생각의 보석들을 건져올리게 되기를 바란다. 금강석처럼 강인한 열정과 날마다 새로워지는 일신우일신日新又日新의 지혜를 배워 귀 밝고 눈 맑은 지성으로 거듭나기를 희망한다.

우리 고전의
광맥에서
비전을 찾다

고전에서 '오래된 미래'를 읽다

흐른 것은 시간일 뿐 인간의 삶은 본질적으로 바뀌지 않는다. 우리는 그저 지금 여기를 미끄러져가는 존재일 뿐이다. 지금 우리의 고민을 그때 그들도 했다. 우리의 미래는 알 수 없지만, 그들의 미래는 이미 지난 옛날 속에 다 있다. 삶은 동일성의 반복일 뿐이다. 사르트르는 말했다. "미래도 과거와 같다. 역사는 무의미하다. 인생은 우스꽝스럽다." 조선 후기 홍양호는 또 이렇게 말했다. "옛날은 그때의 지금이요, 지금은 후세의 옛날이다. 옛날이 옛날로 되는 것은 연대를 가지고 하는 말이 아니다."

삶은 변한 것이 하나도 없고, 고전 속에 담긴 정보는 복잡한 우리 삶만큼이나 무궁하다. 이제 정보 자체는 문제가 아니다. 문제는 정보를 가공하는 힘이다. 그 힘은 어디서 나오는가? 전문가의 안목에서 나온다. 그러나 전문가는 많지만 늘 자기들끼리만 논다. 전문가들이 대중에 등 돌려 외면하니 비전문가들이 그 역할을 감당한다. 요구는 있는데 공급이 없으니 어쩔 수가 없다. 그러다 보니 고전을 대상으로 한 책은 대개 깊이는 없고 재미만 추구한다. 깊이 없는 재미는 오래가지 못한다. 정신은 없고 감각만 있다. 제 말이 아니라 남의 말을 적당히 짜깁기한다. 하지만 시류에 편승하는 것도 한때뿐이다. 편집자의 재간만으로는 독자를 오래 속일 수가 없다.

고전은 콘텐츠의 보고다. 있을 것은 다 있다. 찾는 것은 무엇이든 있다. 논술지침서가 필요한가? 이 나라 조선은 500년간 논술시험으로 인재를 뽑은 나라다. 사대부의 그 많은 문집 속에 글쓰기의 이론은 차고도 넘친다. 눈높이만 맞추면 지금도 당당히 경쟁력을 갖춘 콘텐츠가 된다. 독서교육이 궁금한가? 독서론을 표제로 내건 글을 다 꼽을 수가 없다. 현대어로 바꿔서 정리하면 서구의 어떤 독서이론보다 훌륭하다.

몇 해 전 글쓴이가 있는 대학에 중국의 명망 있는 학자가 1년간 교환교수로 머물렀다. 그는 나와 처음 만났을 때, 이곳에 머무는 1년 동안 한국의 음악 관련 자료를 다 모아가겠다는 포부를 밝혔다. 내가 도와주겠노라고 했다. 3개월이 지나자 그는 고개를 갸웃했다. 도대체 문헌이 이리 많을 줄 생각지도 못했다는 것이다. 그래도 그는 참 열심히 자료를 찾았다. 6개월이 지나니 도저히 이 짧은 기간으로는 불가능하다는 것을 알았다며 포기를 선언했다. 그는 한국의 문헌을 너무 우습게 알았던 것을 시인했다. 베트남은 3개월을 찾으니 다 찾겠더라는 말을 덧붙였다. 중국에 돌아간 후에도 그는 여기서 가져간 일부 자료를 정리하느라 정신을 못 차리겠다는 메일을 내게 보내왔다.

몇 해 전 텍스트언어학회에서 발표 요청을 받은 일이 있다. 텍스트언어학회란 문학과 어학 사이의 경계를 허물자는 취지에서 문학 텍스트를 언어 규칙에 따라 분석하는 작업을 많이 해온 학회다. 우리 고전 작품을 예로 하여 분석의 예를 보여달라고 했다. 그래서 《삼국사기》에 나오는 〈온달전〉을 가지고 발표를 했다. 어휘 수준, 문장 수준, 단락 수준, 전체 글 수준으로 구분해서 옛 문장이론의 틀을 가지고 분석했다. 끝나고 나왔더니, 현대 문장학과 수사학의 모든 이론이 벌써 그 옛날에 다 있었다며 탄식들을 했다. 그런데 왜 이제껏 우리가 이런 것을 몰랐느냐고 안타까워했다.

옛글 속에는 아동교육이면 아동교육, 인성교육이면 인성교육…… 필요한 자료들은 없는 것이 없다. 오히려 너무 많아서 탈이다. 더 이상한 것은 이런 자료들이 학자들의 논문에 간헐적으로 인용되는 것 외에 지금까지 제대로 구색을 갖춰 의미 있게 출간된 적이 없다는 점이다.

하지만 요즘은 많이 달라졌다. 한번은 예전 조선조 문인들이 아내의 영전에 바친 제문을 연구한 학위논문을 읽었다. 눈이 번쩍 뜨여 나도 아예《한국문집총간》을 뒤져 선인들의 '제망실문祭亡室文'을 모아보았다. 처음 예상과는 달리 100편을 넘기고 200편을 훌쩍 넘겼는데도 끝도 없이 나왔다. 나중엔 지쳐서 그만두고 말았다. 그랬다가 일전에 보니《빈 방에 달빛 들면》이란 책으로 엮어져 나왔다. 반가웠다. 비슷한 시기에 비슷한 책이 또 나왔다. 하지만 비전문가가 다른 사람의 저작에서 적당히 짜깁기해서 편집한 내용이었다. 불쾌했다. 젊은 연구자들의 의욕적인 작업은 아직 감식안이 부족한 듯하고, 비전문가의 짜깁기는 눈속임만으로 대중의 기호와 영합한다. 없는 것보다야 낫겠지만 여전히 아쉽다.

변해야 남는다

외국은 인문서와 학술서가 따로 놀지 않는데, 우리는 이 둘 사이의 경계가 칼로 긋듯 분명하다. 논문을 모아 책으로 엮으면 학술서가 되고, 제목을 풀고 각주를 없애서 새로 써야 인문서가 된다. 학술서는 독서 대중이 외면하고 인문서는 학계가 도외시한다. 고전 방면의 연구는 또 영역의 경계까지 감수해야 한다. 문학

쪽의 작업은 역사 쪽에서는 거들떠도 안 본다. 그 역도 마찬가지다. 이쪽의 주목받는 작업을 저쪽에서는 치지도외置之度外한다. 뭔가 새로운 말을 하면, 우리가 다 했던 말이라며 무시해버린다. 소통이 되질 않고, 바벨탑만 쌓고 있다. 최근 젊은 연구자들 사이에서는 그런 소통이 활발해지는 것 같아 다행이다.

예전《한시미학산책》이란 책을 펴냈다. 몇 해 뒤 다른 대학의 디자인학과 교수가 연락을 해왔다. 학부생부터 대학원생까지 다 모아놓을 테니, 강의를 한 차례 해달라는 요청이었다. 기쁘게 가서 했다. 그다음에는 유아교육 전공 교수의 요청으로 유치원 선생님들을 대상으로 강의를 했다. 전혀 다른 분야에서 이런 강의를 몇 차례 하면서, 고전이 지닌 융통성에 나 스스로 놀랐다. 나는 분명히 한시의 미학을 말했는데, 듣는 이들은 디자인의 이야기로, 또는 유아교육의 맥락에서 받아들였다. 내가 작문의 이론을 말하면, 서예와 회화를 하는 이들은 서화이론으로 알아듣고, 국악과 박사과정 학생은 국악이론으로 이해했다. 최소한 우리 전공 분야 내부의 이야기는 이런 총체성, 융합성을 상실한 지 오래다.

일전에 문일평 선생의《화하만필花下漫筆》을 현대어로 풀어서 쓴《꽃밭 속의 생각》이란 책을 펴냈다. 서점에 나가보면 꽃에 관한 책은 참 많지만 식물학적 설명에 머문 것이 대부분이고, 꽃의 인문학적 정보를 찾을 데가 별로 없었다. 이 작업을 하면서 보니 우리 인문학이 놓치고 있는 부분들이 들여다보였다. 정보야 잘

못된 것도 많고, 지금 보면 충분치도 않다.

문장도 도저히 그저 읽어서는 알 수가 없었다. 그래서 "생이별生離別의 고苦에 우는 궐녀厥女로부터 충선忠宣에게 시를 기사寄謝하였는데"로 된 것을 "생이별의 괴로움에 울던 그녀는 충선왕에게 시를 보냈는데"로 고쳤다. "석류는 지종地種도 하고 분재盆栽도 하나 남방난지南方暖地가 아니면 지종이 좀 곤란하므로"는 "석류는 땅에 심기도 하고 화분에 기르기도 한다. 하지만 남쪽의 따뜻한 지역이 아니면 땅에 심기는 좀 곤란하다"로 바꿨다. 그리고 여기에 해당 식물의 사진을 곁들이니, 일제강점기에 쓴 책으로 보이지 않고 요즘 책같이 읽혔다.

고전이 아무리 좋아도 변해야 남는다. 그대로는 안 된다. 가공을 거쳐야 한다. 자척으로 된 것을 미터와 센티미터로 고쳐야 한다. 고치고 나면 못 알아들을 것이 하나도 없다. 한유가 제자들에게 옛날을 배우라고 하자, 제자 하나가 물었다. "선생님! 옛날이 다 다른데 어떤 옛날을 배웁니까?" 한유가 대답했다. "사기의師其意, 불사기사不師其辭니라. 그 정신을 배우랬지, 누가 겉껍데기를 배우랬나?"

한신韓信은 병법에 절대로 해서는 안 된다고 쓰여 있는 배수진背水陣을 가지고 강한 조나라 성을 반나절 만에 공략했다. 이 믿을 수 없는 승리 앞에서 한나라 군사들은 오히려 자기들이 놀랐다. 이겨놓고도 어떻게 이겼는지 궁금해했다. 한신이 말했다. "병법에 다 있다. 너희가 몰랐을 뿐이지. 너희는 물을 앞에 두고 진을 치라는 말만 알았지, '죽을 땅에 놓인 뒤에 산다'는 말이 있는 줄은 몰랐을 것이다. 훈련도 제대로 받지 않은 너희 같은 오합지졸을 데리고 싸울 때는 죽을 땅에 두지 않으면 다 달아나고 말았을 게다."

임진왜란 때 신립申砬은 멀쩡한 천험의 요새인 문경새재를 버리고 탄금대에 배수진을 쳤다가 전군이 몰살당해 죽었다. 한신은 교과서와 반대로 했는데 이겼고, 신립은 교과서대로 했는데 졌다. 똑같은 배수진인데 결과는 천양지차로 달랐다. 왜 그랬을까? 배수진을 칠 수밖에 없어 배수진을 친 사람은 이겼고, 배수진을 쳐서는 안 되는데 친 사람은 졌다. 상황이 달랐던 것이다.

고전이라고 해서 아무 고전이나 다 가치 있는 것은 아니다. 옛 그림에도 수준이 있고, 지금 글씨에도 높낮이가 있다. 무턱대고 옛것이어서 좋은 것이 아니라, 수준 높은 옛것이라야 한다. 높은 수준 앞에서는 양洋의 동서도, 때의 고금도 없다. 이것이 고전이 지금에도 힘을 발휘할 수 있는 근거다. 하지만 그대로는 안 되고 솜씨 있게 가공해야 한다. '사기사師其辭'가 아니라 '사기의師其意'한다면, 즉 형식으로서가 아니라 원리로서 옛것을 배우려 한다면, 지금 필요한데 없는 것은 옛날 속에 이미 다 있다.

이때 가장 필요한 것은 적절한 판단이다. 임기臨機해서 응변應變하고, 응변하여 작제作制할 수 있어야 한다. 변화에 부응하여 그 상황에 가장 알맞은 방식〔制〕을 창출해내야 한다. 그래야 임기제변臨機制變할 수 있다. 변화의 변곡점에 서서 추이를 제압한다는 뜻이다. 그렇지 않으면 임기응변이 아니라 구차미봉苟且彌縫이 된다. 박지원은 "인순고식因循姑息, 구차미봉, 천하만사는 이 여덟 글자 때문에 다 어그러진다"고 말한 적이 있다.

상황은 늘 바뀐다. 사람들의 취향도 계속 흘러간다. 어제는 좋아했는데, 오늘은 거들떠도 안 본다. 오늘의 열광은 내일까지 가지 않는다. 사람들의 기호는 잠깐 사이에 변한다. 오늘 남이 그 장사로 돈 번다고 내가 뛰어들면 그때부터는 돈을 못 번다. 고전의 콘텐츠가 아무리 훌륭해도 임기응변하고 응변작제하는 안목이 없이는 안 된다.

고전은 늘 그 자리에 있지만, 계속해서 변한다. 나는 종조 2단으로 조판된 월탄 박종화의 《삼국지》를 읽고 자랐다. 하지만 지금 젊은이들은 이문열을 지나 황석영, 장정일의 《삼국지》를 읽는다. 《춘향전》은 원작이 따로 있는데, 개화기 때는 《옥중화》가 되고, 최인훈에 와서는 또 달라졌다. 영화만 해도 최은희, 고은아의 〈춘향전〉과 임권택 감독의 〈춘향전〉과 한채영의 〈쾌걸춘향〉은 같고도 한참 다르다. 나는 홍경호의 번역으로 헤르만 헤세의 저작들을 읽었지만, 지금 젊은 세대들에게는 그 말이 어렵다. 민추에서 펴낸 매월당의 한시 번역은 참 매끄러운데, 읽어보면 무슨 뜻인지 알 수가 없다. 한문을 자기 언어로 알고 쓴 사람과 우리같이 외국어로 알고 배워 익힌 사람 사이에는 감수感受의 차이가 발생한다.

한문은 어려워도 전문으로 배워 익히는 젊은이들이 많으니 문제가 없다. 초서도 서당에서 배운 세대들이 세상을 뜨면 읽을 사람이 없을 것 같아도, 오히려 체계적으로 배워 익힌 고수들이 도처에 있다. 문제는 단순한 해독 능력에 있는 것이 아니다. 오히려 안목에 있다. 저자의 안목과 편집자의 안목이 잘 만나 서로를 업그레이드시켜줘야 한다. 짜깁기하는 가짜와 눈속임하는 편집으로는 안 된다. 그러자면 긴 안목의 투자와 저자 발굴 노력이 필요하다. 대체로 고전을 전공한 연구자들은 현대적 감각이 부족하다. 출판의 경험이 없어, 현장의 요구와 독자의 취향을 모른다. 하지만 그들이 출판의 전 과정을 한번 경험하고 나면 아주 달라진다. 편집자들의 안목과 역할이 중요한 까닭이다.

오리지널은 없다

박지원은 "먹다 남은 장도 그릇을 바꿔 담으면 새로운 입맛이 난다"고 했다. 《주역》에서는 "궁하면 변하고, 변하면 통하니, 통하면 오래간다(窮則變, 變則通, 通則可久)"고 했다. 세상에 변치 않을 것은 아무것도 없다. 지금 우리가 입고 있는 한복은 원나라 때 오랑캐의 습속이 들어와 바뀐 것이다. 고구려나 고려의 벽화를 보면 알 수가 있다. 요즘 한복을 조선시대에서 본다면 요망하기 짝이 없을 것이다. 생활한복이 나오자, 전통한복에서는 한복의 전통을 다 망친다며 난리가 났다. 이렇게 오리지널을 따져 올라가자면 결국은 벌거벗은 원시인의 풀잎옷이 한복의 원류로 되어야 논쟁은 끝날 것이다.

변화는 당연한 것이고 또 필연적인 것이다. 우리 고전을 현대로 옮겨오는 데 있어서도 이런 눈금의 조정은 당연하고 마땅하다. 여기서 '우리 것은 좋은 것이여' 하는 엄숙주의와 제멋대로 재간만 부리려 드는 경박성, 이 둘 다가 문제다. 그 중간을 찾아야 한다. 지금은 이런저런 실험을 통해 새 길을 내려는 모색이 한창 진행 중인 때다.

옛것을 그대로 따라 해서도 안 되고, 옛것과 완전히 달라서도 안 된다. 그대로 하면 알아듣지 못할 말이 되고, 완전히 다르면 굳이 옛것이라 할 이유가 없다. 같고도 다르게, 다르지만 같게 하려면 '상동구이'의 정신을 지녀야 한다. 저급의 모방은 꼭 겉모습을 흉내 낸다. 한 번은 속아도 두 번은 안 속는다. 고급의 모방은 원리를 본뜬다. 겉보기엔 완전히 다른 얘긴데, 알고 보면 똑같다.

원전에서 오늘의 기호를 읽고, 눈금을 조절할 수 있으려면 무엇보다 편집자의 안목이 열려야 한다. 편집자의 툭 트인 안목이 뒷받침되지 않으면 화씨의 구슬이 자갈돌로 된다. 옥불탁玉不琢이면 불성기不成器라 했다. 옥을 쪼아 잡티를 제거하고 표면을 연마해야 묘당에 제사 올리는 그릇이 된다. 그러지 않고 언뜻 잡티만 보고 잡석이라 내버리고 뒤꿈치를 자르려드니 문제다.

문제는 눈을 뜬 것에 있지 않고 제자리를 찾는 데 있다. 어떤 좋은 것도 도중에 눈을 뜨면 오히려 멀쩡하던 좌표축만 뒤흔들어놓게 된다. 비슷한 대문만 좇아 이리저리 헤매다가는 제집으로부터 영영 멀어지고 만다. 다시는 돌아갈 수 없게 된다. 고전이 출판의 한 광맥인 것은 분명하지만, 제대로 똑바로 하지 않으면 결과가 실망스럽다. 학계와 출판계의 분발과 협동이 어느 때보다 절실하다. 고전 저자를 발굴하고 길러내는 편집자의 안목과 노력이 그래서 더 아쉽다.

부록

대학 문에 들어선 젊은 벗들에게

3월의 캠퍼스는 활기에 넘친다. 흥분과 기대에 들뜬 새내기들의 호기심에 찬 눈빛만으로도 대학은 생동한다. 합격증을 받아든 환호도 잠깐, 이제는 새로운 목표를 향해 숨을 골라야 할 때다. 전쟁처럼 치열한 경쟁을 뚫고, 그대들은 이제 출발선에 다시 섰다.

대학입시를 위해 유치원부터 논술 과외를 시킨다고 난리인 나라에서, 12년의 긴 터널을 성공적으로 빠져나온 그대들은 행운아다. 끝이 없을 것 같던 지긋지긋한 문제풀기, 학교와 학원과 과외로 이어지던 미로에서 해방된 것을 진심으로 축하한다. 비로소 자기 삶의 주체로서 스스로와 맞대면하게 된 것을 함께 기뻐한다. 지난 세월 여러분을 지탱해준 삶의 목표는 사라졌다. 다음 진군 목표는 정해졌는가?

슬프게도 오늘날 대학은 만신창이다. '학문의 전당'이란 말은 무색해진 지 오래다. 실용의 미명 아래 기초 학문은 뿌리째 흔들리고 있다. 이공계는 힘들다고 외면당하고, 인문학은 쓸모 때문에 절체절명의 위기로 내몰렸다. 사람은 왜 사는가? 무엇을 위해, 어떻게 살아야 하는가? 아무도 이런 질문을 던지지 않는다. 그저 돈 잘 벌어 출세해서 부자로 사는 길을 찾기에만 바쁘다.

나는 그대들이 대학에 들어오자마자 벌써 취업준비에 열을 올리고, 토플·토익 성적에 목을 매는 영악한 젊은이가 되지 않길 바란다. 더 좋은 대학, 취직 잘되는 학과로 전과轉科하고 편입하기 위해서만 공부를 열심히 하고, 고시공부에 인생을 거는 맹목적인 청춘이 아니길 빈다. 목적과 수단을 혼동하면 안 된다. 출세가 곧 성공이라고 착각하지도 마라.

분위기 파악이 영 안 되는 대학 강의실, 연일 이어지는 선배들과의 술자리, 뜻밖의 많은 과제물의 중압감 속에 우왕좌왕하다 보면, 여기가 어디인지 내가 누구인지도 잘 알 수가 없을 것이다. 이런 게 대학이었느냐고 말하지 마라. 대학은 원래 그런 곳이다. 누구도 입 벌려 먹을 것을 넣어주지 않는다. 시시하다고 속단하지 마라. 힘들다고 주눅 들 것도 없다. 겉으로는 아닌 척해도 속으로는 누구나 당황스러운 것이 대학의 새내기들이다.

대학은 그대들에게 무제한의 자유를 허락한다. 하지만 그것은 아무나 누릴 수 있는 것이 아니다. 설렘과 흥분은 얼마 못 가 심각한 혼란과 좌절로 바뀔 것이다. 누구나 그랬고 언제나 그랬다. 대학은 끝내 아무런 해답도 주지 않는다. 이제는 문제를 스스로 만들어서 제힘으로 풀어야 한다. 기댈 언덕은 없다. 물러설 곳도 없다.

내면의 목소리에 깊이 귀를 기울여라. 목표는 달성되는 순간 사라진다. 새 목표를 잘 세워야 삶은 제 길을 찾고, 과정은 차례를 얻는다. 그러지 않으면 열심히 할수록 일은 더 꼬인다. 그대들에게 허락된 모든 것을 한껏 즐겨라. 더 깊이 고민하고, 참담하게 좌절하라. 소아小我의 각질을 깨고 '참 나'로 우뚝 설 때까지. 주체를 세우려면 더 많은 책을 읽어라. 더 먼 곳으로 여행을 떠나라. 여가는 그저 생기지 않는다. 여유는 주어지는 것이 아니다. 만들어나가야 한다. 옛사람은 '독만권서讀萬卷書, 행만리로行萬里路', 즉 만 권의 책을 읽고 만 리의 길을 여행하는 속에 인생의 대답이 들어 있다고 했다. 그 과정에서 삶의 눈길은 깊어지고, 마음속에는 호연한 기운이 쌓인다.

그대들이 대학생활을 통해 희망과 설렘을 지나, 절망과 좌절을 건너, 눈 맑고 귀 밝은 듬직한 젊음으로 거듭날 것을 축원한다. 나는 누구인가? 나는 나다. 그 '나'를 찾아라.

피할 수 없다면 즐겨라

자주 느끼는 일이지만, 그 어려운 경쟁의 관문을 뚫고 대학에 들어온 학생들의 표정이 그다지 행복해 보이지 않는다. 대학 합격 통지를 받아들었을 때는 천하를 얻은 것 같았겠지. 가족과 주변의 축하도 대단했으리라. 그런데 막상 대학에 들어와보니, 중고등학교 때와 별반 다를 것이 없다. 강의는 늘 그게 그거고, 뾰족한 미래의 청사진이 그려지는 것도 아니다.

초등학교부터 고등학교 졸업까지 12년간의 공부는 온통 대학 입시에 매달려 있었는데, 대학에 들어와서는 취업준비에 내몰리고, 취업 뒤에는 또 경쟁에서 밀려나지 않으려고 아등바등한다. 인생의 꿈이 고작 대기업에 취직하고, 멋진 배우자를 만나 결혼하고, 돈 많이 벌고…… 그러고는 뭐 그저 그렇다. 그나마도 내 뜻대로 이뤄질 가능성은 거의 없어 보인다.

이렇게 보면 사람의 한 인생이란 것이 참 씁쓸하고 슬프다. 남들이 부러워하는 명문대학에 들어간 대학생이 느끼는 절망이 이러할진대, 그것을 목표로 무한경쟁에 내몰리는 청소년들의 답답함은 어떻겠는가?

조선시대 아버지들이 자식들에게 준 편지를 읽어보면, 그때도 아버지의 노심초사는 과거시험 준비를 제대로 하지 않는 자식에 대한 안타까움뿐이다. 이렇게 해라, 저렇게 하면 안 된다, 누구를 봐라 등등. 매일 그런 편지를 받는 자식들의 마음은 얼마나 답답했을까? 그러고 보면 언제나 그랬고 누구나 그랬다. 지나고 나면 아무것도 아닌데, 그때는 그게 지켜보는 쪽이나 당사자나 그렇게 힘들고 괴로웠다.

어쩔 수 없다면 투덜대지만 말고 그 피할 수 없는 시간들을 즐겨라. 또 한편 생각해보면 학교 갔다가 학원 갔다가 하는, 쳇바퀴 도는 듯한 시간 속에도 즐거움은 있다. 막연하지만 꿈이 있고, 안 잡혀도 희망이 보인다. 그렇지만 대충 그렇게 노는 것은 전혀 즐겁지가 않다. 진정한 즐거움은 언제 오는가? 내가 내 삶의 주인이 될 때다. 주인이 되려면 주인 노릇을 잘해야 한다. 주인 노릇은 하고 싶다고 하는 것이 아니라, 하지 않을 수 없어서 하는 것이다. 하지만 억지로 끌려다니며 하는 주인 노릇은 참 괴롭다. 이왕 하는 김에 제대로 즐겁게 하는 것이 옳다. 제도 탓하고, 대학 탓만 하는 것이 능사가 아니다.

기쁨은 밖에서 오지 않고 속에서부터 차오른다. 누가 던져주는 것이 아니다. 밤늦게 찬별을 보며 집으로 올 때 열심히 공부한 그 시간이 벅차다. 진한 땀을 흘리며 무언가 마무리했을 때 그 과정이 즐겁다. 나 아닌 남을 위해 헌신할 때 내가 고귀해진다. 대충 노닥거리고, 하는 둥 마는 둥 시늉만 하면, 남의 칭찬을 들어도 기쁘지가 않다. 삶은 어차피 무한경쟁의 연속이다. 그 속에서 내가 주인이 되어 내 삶을 이끌고, 과정에 최선을 다할 수 있다면 결과는 기쁘게 승복할 수가 있다. 대충 해놓고 일확천금을 꿈꾸고, 나쁜 수단을 동원해서라도 가지려고 들 때, 삶은 오히려 슬퍼지는 법이다.

사람이 저 좋은 일만 하며 살 수는 없다. 싫어도 해야 하니까 하고, 귀찮아도 안 할 수 없어서 한다. 그런데 그 싫던 공부도 제대로 하면 즐겁다. 마냥 놀자고 해도 이틀만 놀면 무료해서 괴롭다. 눈앞의 시간이 아깝고, 가야 할 길은 끝이 보이지 않는다. 잠깐의 유혹이 달콤해도 치러야 할 대가가 쓰다. 카르페 디엠! 투덜대지만 말고 즐겨라. 남 탓도 자꾸 하면 버릇이 된다. 주인으로 우뚝 서라.